G.F. UNGER IM TASCHENBUCH-PROGRAMM:

43 435 Ernest, der Spieler
43 436 Schatten folgen seiner Fährte
43 437 Johnny Mahouns Wandlung
43 438 Mesa Station
43 439 Keine Chance in Jericho
43 440 River Cat und River Wolf
43 441 Verdammte Treue
43 442 Cattle King
43 443 Rainbow River
43 444 Wasser und Weide
43 445 Ein Mann wie sonst keiner
43 446 Big Muddy Wolf
43 447 Revolverspur
43 448 Sonora Hombre
43 449 Coltritter-Weg
43 450 Aufgeben oder sterben
43 451 Einsamer Kämpfer
43 452 River Lady
43 453 Goldjagd
43 454 Kein Tag der Rache
43 455 Apachenjagd
43 456 Belindas Ranch
43 457 So weit wie der Himmel
43 458 Der Trail
43 459 Der Schmied von Gunnison
43 460 Yellowstone Pierce
43 461 Die Gilde der Schmutzigen
43 462 Jede Menge Verdruss für mich
43 463 Larrabees Ritt
43 464 Er kam aus Sonora
43 465 Zwei in der Hölle
43 466 Glücksjäger
43 467 Kutsche nach Dirty Creek
43 468 ... das schwöre ich dir
43 469 Kriegerweg
43 470 Am Ende aller Fährten
43 471 Stampede
43 472 Wolfsvalley
43 473 Ritt zum Sterben
43 474 River-Hai
43 475 Warbow City

G.F. UNGER

Der verlorene Wagen

Western-Roman

BASTEI LÜBBE TASCHENBUCH
Band 43 476

1. Auflage: Juli 2010

Vollständige Taschenbuchausgabe

Bastei Lübbe Taschenbücher
in der Bastei Lübbe GmbH & Co. KG

All rights reserved
© 2010 by
Bastei Lübbe GmbH & Co. KG,
Köln
Lektorat: Will Platten
Titelillustration: Faba / Norma Agency, Barcelona
Umschlaggestaltung: Rainer Schäfer
Satz: Wildpanner, München
Druck und Verarbeitung:
Bercker Graphischer Betrieb
Printed in Germany
ISBN 978-3-404-43476-3

Sie finden uns im Internet unter
www.bastei.de
oder
www.luebbe.de

Der Preis dieses Bandes versteht sich einschließlich
der gesetzlichen Mehrwertsteuer

1

Nachdem Stap Sunday die letzte Kiste im Wagen verstaut hat, hält er inne und dreht sich eine Zigarette. Und als er sie angeraucht hat und den Rauch ausbläst, geht sein Blick noch einmal in die Runde.

Denn er weiß, dass er dies alles hier erst im späten Frühjahr wieder zu sehen bekommen wird – falls er und sein Partner Ben Vansitter Glück haben und im Frühjahr noch leben.

Denn das Land, in dem sie ihre kleine Mine betreiben, ist voller Gefahren.

Stap Sundays Blick schweift über das Gewimmel von Menschen hier an den Schiffslandestellen bei Fort Benton unterhalb der Großen Fälle des Missouris, den man Big Muddy nennt, weil er zumeist so schlammig und trübe ist.

Die Mary-Lou ist sicherlich das letzte Dampfboot, das noch einmal Waren für das Goldland heraufbringen konnte. Sie wird Schwierigkeiten bekommen, wenn der drohende Winter sie auf der Rückfahrt nach Saint Louis einholt.

Fort Benton besteht aus dem Handelsfort und der kleinen Stadt bei den Schiffslandestellen. Das Handelsfort ist sehr viel älter. Das gab es schon, bevor das erste Dampfboot sich so weit hinauf nach Norden wagte.

Die mächtige Handels- und Pelzjäger-Company hat dieses Fort errichtet, um Handel mit den Indianern zu treiben und ihren weißen Trappern einen Stützpunkt zu bieten.

Aber dann kam alles anders, als man überall Gold fand im Gallatin Valley, in den Crazy Mountains, in der Last Chance Gulch, ja sogar in den Bitter Roots, die Montana von Idaho, Oregon und Washington trennen.

Stap Sunday sieht, wie die Mary-Lou ihre Leinen loswirft und das große Schaufelrad sich zu drehen beginnt. Sie schiebt sich in den Strom hinaus, dreht dort und richtet ihren löffelartigen Bug stromabwärts.

Dann dampft sie davon, und es wirkt wie eine Flucht.

Die Luft riecht nach Schnee.

Überall hier bei den Landebrücken arbeiten die Leute, schuften wie wild, um ihre Wagen so schnell wie möglich zu beladen und fortzukommen.

Der Weg in die Berge zu all den Goldfundstellen und den wilden Camp-Städten ist noch weit, und so mancher Wagen oder Packtierzug wird bis zu fünf Tagen unterwegs sein.

Auch Stap Sunday wird mehr als vier Tage benötigen. Die Mary-Lou kam mit den vielen bestellten Lieferungen zu spät. Der Winter aber droht dieses Jahr früher als sonst.

Stap Sunday wagt gar nicht zu denken, was sein würde, wenn er den Wagen mit der so dringend benötigten Ladung nicht rechtzeitig vor dem Schnee zur Mine brächte. Er ist jetzt schon überfällig, denn er musste hier einige Tage – wie alle anderen Leute – auf die Mary-Lou warten.

Er lässt den Rest der Zigarette auf den schon hart gefrorenen Boden fallen und will auf den Fahrersitz klettern.

Aber da tritt die Frau an ihn heran.

Oder ist sie noch ein Mädchen?

Er weiß es auf Anhieb nicht so recht abzuschätzen. Aber sie ist auf jeden Fall noch jung und auf eine eigenwillige Art hübsch. Unter ihrer hutartigen Haube quillt gelbes Haar hervor. Und ihre Augen sind von einem leuchtenden Blau, wie das Blau der Kornblumen in einem gelben Getreidefeld.

Er erkennt auch einige feine Linien in ihren Augenwinkeln und um den Mund.

Ihre Stimme gefällt ihm. Es ist eine dunkle und melodische Stimme.

Sie fragt: »Fahren Sie in Richtung Last Chance Gulch?«

»Und wenn?« So fragt er zurück und blickt auf ihr weniges Gepäck.

»Dann würde ich Sie bitten mich mitzunehmen«, erwidert sie auf seine Frage.

»Es fahren Postkutschen, Ma'am«, erwidert er. »Die wechseln alle dreißig Meilen ihre Gespanne und bringen Sie dreimal schneller ans Ziel als ich mit diesem Wagen.«

Sie lächelt zu seinen Worten. Es ist das Lächeln einer Frau, der nicht mehr viele Dinge fremd sind auf dieser Erde.

Er spürt plötzlich, dass sie kein Mädchen mehr ist, sondern eine erfahrene Frau auf rauen Wegen.

Er hört sie sagen: »Ich besitze nur einen Dollar, Mister. Das ist mein Problem. Deshalb kann ich mir keine Postkutschenfahrt leisten.«

»Und in der Last Chance Gulch?«

Er fragt es ein wenig herausfordernd.

»Ach«, sagt sie scheinbar leichthin, »dort werde ich schon für mich sorgen können. Ich könnte dies gewiss auch hier in Fort Benton. Denn auch hier gibt es ja einige Amüsier- und Spielhallen. Aber ich will vor dem Schnee ins Goldland. Kann ich mit?«

Sie sehen sich an.

Und er denkt: Sie ist also eine Goldelster. Eigentlich wirkt sie auf den ersten Blick und auch jetzt noch nicht wie ein Tingeltangelgirl oder eine Glücksjägerin. Soll ich sie mitnehmen?

Wieder betrachtet er sie.

Er ist kein Heiliger, sondern ein Bursche, der sich am Tag zuvor noch in Dolly Dunns Etablissement amüsierte. Und einem weiteren Abenteuer mit einer Frau würde er nicht aus dem Weg gehen.

Er denkt: Vielleicht wird das eine sehr amüsante Fahrt, denn wir werden vier Tage und vier Nächte allein sein. Oha, die würde ich nicht unter meiner Decke wegjagen, die nicht.

Und so nickt er. »Na gut«, murmelt er. »Aber was ist, wenn ich ein mieser Bursche bin, der unterwegs Ihre Lage ausnutzen wird?«

Wieder sieht sie zu ihm hoch. Sie ist einen vollen Kopf kleiner als er, aber dennoch für eine Frau etwas mehr als mittelgroß. Er ist ein sehr großer und hagerer Bursche.

»Nein«, sagt sie langsam, »da mache ich mir keine Sorge.«

»Und warum nicht?«

»Sie sind Texaner. Ich hörte Sie vorhin mit dem Lademeister und dem Zahlmeister der Mary-Lou reden. Sie sind Texaner. Und einem Texaner kann sich eine Frau anvertrauen. Das habe ich längst begriffen. Texas war früher ein Paradies für Männer und Hunde und eine Hölle für Frauen und Ochsen. Als die Texaner das irgendwann begriffen, begannen sie ihre Frauen mehr zu achten als andere Männer. Also muss ich mir keine Sorgen machen. Sie tragen auch immer noch Cowboystiefel. Und bei wem wäre eine Frau sicherer und besser aufgehoben als bei einem texanischen Cowboy? Sagen Sie es mir, Freund.«

Er grinst und reibt sich die Bartstoppeln.

»Aha«, murrt er dann, »Sie glauben, dass es genügt, einen Mann bei seiner Ehre und seinem Stolz zu packen. He, sind Sie da nicht schon mehrmals böse reingefallen? Wissen Sie nicht, dass die Welt voller Mistkerle ist?«

»Das weiß ich längst«, erwidert sie und will ihr Gepäck vom Boden hochnehmen. Doch er kommt ihr zuvor und wirft alles in den Wagen. Sie klettert vor ihm hinauf auf den Beifahrersitz. Er kann erkennen, dass sie makellos gewachsen und geradezu vollendet proportioniert ist.

Verdammt, denkt er, warum ist so ein Wesen unterwegs auf rauen Wegen?

Er klettert nun ebenfalls hinauf, nimmt die Zügel und treibt die vier Maultiere an. Der schwer beladene Wagen setzt sich in Bewegung.

Und die Luft ist kalt und riecht nach Schnee.

Die junge Frau sagt neben ihm: »Wenn Sie mal ausruhen wollen, Mister, dann kann ich Sie auch beim

Fahren ablösen. Ja, ich kann sogar vierspännig fahren. Mein Name ist Nancy, Nancy Sheridan.«

»Und ich bin Stap Sunday«, erwidert er. »Eigentlich heiße ich ja Staphard, aber man ruft mich nur Stap.«

»Ich freue mich, Ihre Bekanntschaft gemacht zu haben, Stap Sunday«, erwidert sie förmlich.

Er grinst schief. »Freuen Sie sich nur nicht zu früh, Nancy«, sagt er grinsend. »Es gibt auch unter den Texanern Mistkerle. Vielleicht bin ich einer.«

Sie blickt schräg zu ihm hoch.

»Das werden wir ja herausfinden«, erwidert sie, und in ihrer Stimme ist ein spröder, harter Klang.

Am ersten Tag ist der Wagenweg zu den Goldfundgebieten noch ziemlich belebt. Reiter, Packtierzüge und Fahrzeuge aller Art sind unterwegs. Sie alle holten noch Vorräte und vielerlei andere Dinge von der Schiffslandestelle.

Stap Sunday und Nancy Sheridan reden nicht viel an diesem ersten Tage, und dennoch herrscht zunehmend ein stillschweigendes Einverständnis zwischen ihnen.

Als sie dann nach Anbruch der Dunkelheit anhalten im Windschutz einer Hügelkette und eines Tannenwäldchens, da macht sie sich sofort nützlich. Sie hat ein Feuer in Gang, indes er die vier Tiere versorgt, und sie brät Pfannkuchen mit Speck, kocht Kaffee und hantiert so geschickt, wie es nur eine Frau vermag, die schon oft im Freien kampiert hat.

Er sagt: »Nancy, Sie sind ein guter Kamerad auf einem Trail. Wurden Sie auf einer Rinder-Ranch groß?«

»Nein«, erwidert sie, und ihre Stimme klingt etwas spröde. »Nein, ich wuchs unter Schafzüchtern auf. Ich stank nach Schafen wie ein Schaf. Damals glaubte ich, dass ich diesen Gestank nie wieder loswerden könnte, damals, als ich weglief von meinem Clan und man mir bald schon zum ersten Male das Fell über die Ohren zog.«

Sie verstummt mit einem Lachen in der Kehle; es ist ein Lachen der Verachtung gegen die ganze Welt. Er spürt es genau, und er fragt sich, wie rau wohl ihre Wege waren und ob sie überhaupt noch auf gute Dinge zu hoffen vermag.

Er sagt: »Es wird kalt werden diese Nacht. Zum Glück habe ich auch einen ganzen Stapel Decken für unsere Minenarbeiter gekauft. Ich werde Ihnen im Wagen zwischen den Säcken mit Hülsenfrüchten ein Lager bereiten. Da haben Sie es warm. Ich werde unter dem Wagen schlafen. Gut so?«

Sie sieht ihn über das Feuer hinweg an und nickt. Aber er erkennt dennoch ein wachsames Misstrauen in ihren Augen. Doch wenn er ein Mistkerl wäre, sie befände sich ganz und gar in seiner Hand.

Und sie würde »bezahlen« müssen fürs Mitnehmen. Ohne ihn wäre sie in diesem Land verloren ohne Pferd, Ausrüstung und Proviant. Ja, sie würde »bezahlen« müssen. Und sie weiß es.

Irgendwie tut sie ihm leid. Und er würde gerne mehr über sie erfahren.

Doch er spürt, dass sie ihm nicht mehr erzählen wird.

Und so erhebt er sich, um ihr im Wagen eine Lagerstatt zu bereiten.

Als er fertig ist, tritt sie zu ihm, um über das Vorderrad und die Fahrersitze in den Wagenkasten gelangen zu können.

»Ich werde die Wagenplane vorn und hinten zuziehen und festmachen«, sagt er. Sie verhält einige Atemzüge lang dicht vor ihm. Wenn er wollte, könnte er sie greifen. Doch er tut es nicht.

»Vielleicht sind Sie doch ein verdammt stolzer Texaner«, murmelt sie.

Dann klettert sie hinein.

Wortlos zurrt er vorne und hinten die Wagenplane zu.

Langsam tritt er vom Wagen und auch vom Feuer weg, entfernt sich dann noch ein Stück von den Tieren im engen Seilcorral.

Aufmerksam lauscht er in die Nacht.

Er macht sich Sorgen. Diese Sorgen zeigte er Nancy Sheridan nicht. Doch er war den ganzen Tag auf der Hut, obwohl sie sich immer noch auf dem vielbenutzten Wagenweg befanden.

Am nächsten Morgen aber wird er einem einsameren Weg folgen müssen.

Und am übernächsten Tag wird es noch einsamer werden.

Er aber weiß, es gibt in diesem Land – und vor allen Dingen in der Nähe der Goldfundgebiete – viele verborgene Camps, in denen Geächtete leben, Goldwölfe und Banditen.

All diese Burschen benötigen Ausrüstung und Proviant für den Winter.

Er aber fährt einen ganzen Wagen voll solcher begehrter Dinge.

Es könnte sein, dass sich die Banditen wie ein ausgehungertes Rudel Wölfe auf ihn und den Wagen stürzen, etwa so wie nach einem langen Blizzard auf einen im Schnee festsitzenden Elch.

Aber es geschieht nichts diese Nacht, gar nichts.

Es ist noch dunkel, denn um diese Jahreszeit sind die Tage kurz und die Nächte lang, als die beiden aufstehen, Frühstück machen und aufbrechen.

Bald sind sie schweigend wieder unterwegs.

Erst als die Sonne aufgegangen ist und durch die Wolken am östlichen Himmel hinter ihnen hindurchblinzelt, da fragt er:

»Nancy, was werden Sie tun in Last Chance City? Sie können von unserer Mine irgendwie hingebracht werden. Es ist nur eine Tagesreise mit einem leichten Wagen oder auf einem Pferd. Was wird sein mit Ihnen in Last Chance City?«

Sie sieht ihn ernst an, aber dann lächelt sie, und wieder ist es ein Lächeln, das Verachtung gegen die ganze Welt erkennen lässt.

»Nun, ich werde in den nobelsten Saloon gehen, zu dem auch eine Spielhalle gehört. Ich werde einen Job bekommen und wieder ein paar Dollars zu verdienen anfangen. Vor einigen Wochen besaß ich mehr als fünftausend Dollar. Ich wollte aufhören mit diesem Leben und nach San Franzisko gehen, mir dort einen Modeladen kaufen. Doch da bekam ich vier Asse. Sagen Sie, Stap, muss man nicht mit vier Assen in der Hand bis in die Hölle mitbieten?«

»Sicher«, erwidert er. »Das muss man.«
Sie nickt.

»Ich setzte also meine fünftausend Dollar«, spricht sie weiter. »Ich hätte sie verdreifacht. Ich wäre reich geworden. Aber ich verlor mit den vier Assen gegen einen Flush. Und dann war ich wieder auf dem gleichen Weg wie schon einige Male. Immer dann, wenn ich glaube, dass ich es geschafft habe, kommt die Niederlage. Ich komme mir manchmal vor wie ein weiblicher Sisyphus. Wissen Sie wer, das war?«

Er grinst. »Das war ein Gotteslästerer der griechischen Sage. Der musste in der Unterwelt immer wieder einen mächtigen Fels bergaufwärts wälzen. Doch ständig rollte der Fels zurück, und so wurde Sisyphus niemals fertig mit seiner Strafarbeit. Richtig?«

»Richtig«, nickt sie. »Sie sind also ein gebildeter Excowboy aus Texas.«

»Und Sie sind eine gebildete Schafzüchtertochter.« Er grinst immer noch.

Sie schüttelt den Kopf. »Meine Bildung erhielt ich nicht bei meiner Sippe. Ich konnte mit fünfzehn noch nicht lesen und schreiben. Der alte Mann, der mich zu sich nahm, damit ich ihn mit meinem jungen Körper in den Nächten wärmte, dieser alte Bock ließ mich von einem Privatlehrer unterrichten. Nein, ich war ihm nicht zu Dank verpflichtet, denn ich bezahlte mit meiner Jugend. Als er dann merkte, dass ich ihn mit meinem Lehrer betrog, da jagte er uns aus seiner noblen Villa und hetzte überdies auch noch die Hunde auf uns.«

Sie verstummt hart, und er spürt irgendwie, dass sie nicht weiter über sich reden will.

Im Verlauf des Tages werden sie von einigen Reitern und Packtierzügen überholt, auch von leichten Wagen und einer Postkutsche.

Am späten Mittag aber verlassen sie den Hauptwagenweg und folgen einigen Radfurchen und Hufspuren, die in einen ansteigenden Canyon führen. Nun geht es zwar mäßig, doch stetig bergauf, und es wird klar, warum der Wagen von vier Tieren gezogen werden muss. Einige Male müssen sie sogar vom Wagen runter und nebenher laufen, damit es die Tiere möglichst leicht haben.

Als sie nach Anbruch der Dunkelheit anhalten, wiederholt sich alles wie am Vortag. Sie teilen sich die Arbeit, doch Nancy Sheridan fällt auf, dass der hagere Mann immer wieder verharrt und lauscht, sehr lauernd und wachsam wirkt und auch stets das Gewehr in Reichweite hat.

Sie sagt: »Da ist doch noch eine Schrotflinte im Wagen. Ich kann damit umgehen. Ist sie geladen?«

»Mit Indianerschrot«, sagt er. »Man kann damit einen Mann in zwei Teile schießen aus der Nähe – oder ihn mit Blei füllen, dass er unfähig ist zu schwimmen, weil er zu schwer wurde.«

2

Am nächsten Tag – es ist schon später Nachmittag –, da passiert es dann. Ein Rudel Reiter taucht plötzlich auf, und sie beginnen zu brüllen, bevor sie den Wagen umringen und zum Anhalten zwingen.

Es ist sofort klar, dass es Wegelagerer sind, die es auf die Ladung des Wagens abgesehen haben. Sie alle sind abgerissen und ungepflegt, so als lebten sie schon Monate unter freiem Himmel in primitiven Camps.

Stap Sunday stößt Nancy mit einer einzigen Armbewegung nach hinten in den Wagen hinein, wo sie zwischen Kisten und Ballen Deckung findet. Er fegt sie gewissermaßen über die niedrige Lehne hinweg. Und sie überschlägt sich nach hinten, wirft die Beine hoch, sodass ihr die Röcke über den Kopf fallen und man ihre strampelnden Beine und die Unterhosen sieht, die ihr bis über die Knie reichen.

Dabei faucht sie wie eine Wildkatze.

Aber das alles nimmt Stap Sunday gar nicht mehr wahr.

Denn er kämpft schon.

Sein Colt kracht unwahrscheinlich schnell, und jetzt wird klar, warum er es wagen konnte, ganz allein einen Wagen voller Ausrüstung und Proviant durch das gefährliche Banditenland zu fahren.

Denn er kann es mit einer ganzen Mannschaft aufnehmen, das wird klar.

Nachdem er drei der Reiter mit blitzschnellen Schnappschüssen von den Pferden holte, ziehen sich die anderen zurück. Denn sie sind eigentlich eine armselige, feige und drittklassige Bande. Es sind Indianer und Halbblute unter ihnen, aber auch desertierte Soldaten, die noch ihre halb zerrissene Uniform tragen.

Nur die Furcht, im Winter verhungern zu müssen, treibt sie an.

Sie bringen sich aus der Reichweite von Stap Sundays Colt, suchen Deckung überall und beginnen mit ihren Gewehren zu schießen.

Sunday kommt zu Nancy in den Wagen. Auch er sucht Deckung. Er beginnt mit dem Gewehr zu feuern.

Nancy aber faucht immer noch, langt sich jedoch die Schrotflinte und meint wütend: »Lassen wir sie nur herankommen! Hören Sie auf zu schießen, Bruder. Dann glauben die Kerle, dass Sie getroffen wären. Ich gebe ihnen was mit dieser Bleispritze. Verdammt, ich besorge es diesen Hurensöhnen!«

Sie ist böse und wütend und voller Unversöhnlichkeit. Er kann sie gut verstehen. Ihre Situation ist schlecht genug, und wenn die Bande sie in ihre Gewalt bekommt, dann ergeht es ihr schrecklich.

Deshalb ist sie bereit zu töten. Ja, sie gleicht einer in die Enge getriebenen Wildkatze.

Indes sie so faucht, zerfetzen Kugeln die Wagenplane, klatschen auch in die Bretter des Wagenkastens, durchschlagen sie und fahren in die Ballen und Kisten.

Es sind noch fünf dieser Kerle gegen Sunday und Nancy. Drei hat er erledigt.

Indes sie sich zwischen die Ladung ducken und die Einschläge der Kugeln spüren, sagt er: »Die werden erst kommen, wenn die Dunkelheit angebrochen ist. Wir werden vorher den Wagen verlassen. Und dann hole ich sie mir Mann für Mann – alle.«

Er spricht es mit einer fast feierlich anmutenden Überzeugung.

Und sie glaubt, dass er es tatsächlich möglich machen wird.

Sie hat begriffen, dass er ein gefährlicher Kämpfer ist, ein Mann wie sonst keiner unter tausend.

Langsam vergehen die Minuten. Das Krachen der Schüsse ist nun verstummt.

Die Kerle sind sicherlich im Zweifel, ob sie den Mann beim Wagen erwischt haben oder nicht.

Doch gewiss denken sie jetzt auch an die Frau. Sie müssen sie auf dem Bock neben dem Mann gesehen haben. Und so wissen sie auch, dass sie noch jung ist.

Diese junge Frau wird sie jetzt nicht weniger reizen als die Aussicht auf Beute. Eine Wagenladung voller Ausrüstung und Proviant, dazu noch eine junge Frau, dies alles würde ihnen helfen, den langen Winter in einem primitiven Camp durchzustehen.

Nach einer Weile beginnen sie sich von Deckung zu Deckung vorzuarbeiten. Bald werden sie sich wieder in der Reichweite seines Colts befinden.

Er hat seinen Colt längst nachgeladen.

Indes sie so im Wagen verharren, auf den Angriff der Kerle warten und der späte Nachmittag zum Abend übergeht, da denkt Nancy über diesen Mann neben sich gründlich nach.

Sie hat ihn schießen gesehen.

Und jetzt weiß sie noch besser über ihn Bescheid.

Dieser Stap Sunday ist nicht nur ein texanischer Excowboy, der im Goldland sein Glück versucht – nein, er ist ein texanischer Revolvermann.

Sie möchte ihn fragen, ob er aus dem Süden nach Norden flüchten musste, weil er sich zu viele Feinde machte und Schatten seiner Fährte folgen.

Aber sie kommt vorerst nicht dazu.

Denn es erklingt Hufschlag. Abermals kommen Reiter. Und diese Reiter beginnen auf die fünf Banditen zu schießen, noch bevor sie richtig heran sind. Sie jagen die fünf Kerle in die Flucht. Auf ihren unbeschlagenen Mustangs galoppieren die Belagerer davon, und sie gleichen Coyoten, die man von einer fast schon sicheren Beute fortjagt.

Stap Sunday und Nancy Sheridan klettern aus dem Wagen. Für sie sieht es ja so aus, als wäre Hilfe gekommen. In der zunehmenden Dämmerung sind die jetzt langsam im Schritt heranreitenden Reiter auch nicht sofort zu erkennen.

Aber dann, als sie vor dem Wagen und dem Paar halten, da atmet Stap Sunday plötzlich überrascht ein.

Und dann sagt er: »Oha, ihr seid das? Das gibt es doch nicht!«

»Doch, das gibt es, Stap«, erwidert einer der Reiter. Die anderen grinsen.

Es sind sieben Reiter. Nancy zählt sie schnell mit einem Blick. Doch dann betrachtet sie Mann für Mann in der Dämmerung.

Plötzlich versteht sie Stap Sundays raschen Atemzug und seine überrascht klingenden Worte, die eine gewisse Ungläubigkeit verrieten.

Denn diese sieben Reiter gehören zu Stap Sundays Sorte. Es sind Reiter aus dem Süden, Texaner, die in Cowboysätteln sitzen und auch wie Texas-Cowboys gekleidet sind.

Nein, abgerissen wirken sie nicht, auch nicht armselig. Nicht wie die Strolche, die sie soeben verjagten. Diese Mannschaft wirkt einige Klassen besser, beachtlicher. Und dennoch strömen diese Reiter nicht nur Verwegenheit aus. Nein, es ist noch was anderes.

Nancy denkt unwillkürlich an ein Wolfsrudel, das zwar auf der Flucht vor Jägern ist, aber diesen Jägern stets mühelos entkommt, mit ihnen spielt und dabei selbst immer wieder große Beute macht, also gut genährt und bei Kräften ist, gefährlich, gnadenlos und voller Hass gegen alles andere auf dieser Erde.

Ja, dies alles sagt ihr ein feiner und erfahrener Instinkt.

Denn sie kennt sich aus mit Männern jeder Sorte.

Noch niemals sah sie – und das ist auch gefühlsmäßig gemeint – eine solch hartbeinig wirkende Mannschaft.

Stap Sunday sagt immer noch nichts.

Auch die sieben Reiter sprechen kein Wort.

Aber sie sitzen ab. Jetzt erst sagt einer von ihnen laut genug: »Dieser Platz ist so gut wie jeder andere. Bleiben wir also hier. Nicht wahr, Stap, dir ist es doch recht, dass wir gewissermaßen Wiedersehen feiern?«

Als er die letzten drei Worte spricht, klingt seine Stimme sarkastisch, ja fast hohnvoll.

Und Nancy Sheridan wird sich endlich darüber klar, dass diese sieben Reiter gewiss nicht – oder nicht mehr – Stap Sundays Freunde sind.

Im letzten Licht der Dämmerung betrachten die sieben Reiter nun Nancy. Die schiebt sich unwillkürlich näher an Stap Sunday heran, so als wollte sie zeigen, dass sie zu ihm gehört.

Und da fragt auch schon einer der Texaner: »Ist sie deine Frau, Stap? Hast du sie mit dem Schiff nachkommen lassen ins Goldland?«

Nancy hält unwillkürlich den Atem an. Sie begreift jäh, dass sie jetzt ganz und gar alles Stap Sunday überlassen muss. Denn nur er kennt diese sieben Reiter.

Sie hört ihn sagen: »Ja, das ist meine Frau Nancy.«

»Dann stell uns doch mal vor.« Einer der Männer grinst. »Oder hast du ihr noch gar nicht erzählt, dass wir unten im Süden eine berühmte Mannschaft waren, die du dann wie ein Deserteur verlassen hast? Kennt sie uns noch gar nicht?«

»Nein«, erwidert Stap spröde. »Ich habe ihr nicht von euch erzählt. Ich habe versucht, euch zu vergessen. Und ich bin damals in Texas auch nicht desertiert, sondern habe die San-Saba-Mannschaft verlassen, weil ich kein Bandit werden wollte wie ihr. Aber ich freue mich dennoch, dass ihr noch am Leben seid und man euch noch nicht gehängt oder eingekerkert hat. Es war klug von euch, den Süden zu verlassen. Und hoffentlich seid ihr auch so klug, hier neu anzufangen.«

Als er verstummt, grinsen sie. Einige lachen leise.

Dann bewegen sie sich auseinander. Sie beginnen ihre Pferde abzusatteln und das Camp aufzuschlagen. Einer sagt mit einem deutlich hörbaren Kichern in der Stimme: »Nun, Stap, du hast einen ganzen Wagen voller herrlicher Dinge. Du wirst uns doch sicherlich bewirten und mit uns Wiedersehen feiern? Es ist doch wahrhaftig ein toller Zufall, dass wir uns hier in der Wildnis, mehr als dreitausend Meilen von der Heimatweide entfernt, begegnet sind. Nein, das kann eigentlich gar kein Zufall sein. Das muss eine Schicksalsfügung sein, nicht wahr?«

»Aaah, es ist einfacher«, erwidert Stap Sunday. »Es ist der Lockruf des Goldes. Der hat euch hergeholt. Ihr seid unterwegs zu den Goldfundgebieten. Und ich war schon hier. Also mussten wir uns früher oder später begegnen, nicht wahr?«

Sie erwidern zu seinen Worten nichts.

Aber einer sagt: »Dann pack mal aus, Stap! Hol mal raus aus deinem schönen Wagen, was alles du uns bieten kannst aus Wiedersehensfreude.«

Stap Sunday schweigt noch. Er bewegt sich noch nicht. Doch Nancy, die dicht neben ihm steht, spürt irgendwie, dass jetzt der Atem von Gefahr weht, dass es zu einem gewalttätigen Ausbruch kommen könnte. Denn Stap Sundays Hand hängt nun dicht über dem Colt.

Und so sagt sie schnell:

»Ich werde kochen, Stap. Ja, ich werde für uns alle kochen. Sorg du nur wie immer zuerst für die Tiere. Dieser Platz ist für ein Camp wirklich so gut wie jeder andere.«

Sie spürt, dass er langsam ausatmet und sich die lauernde Spannung in ihm löst.

Auch in ihr ist Unruhe. Ja, sie macht sich Sorgen.

Irgendwie ist sie wieder in eine böse Sache hineingeraten.

Aber das hat Stap Sunday gewiss nicht voraussehen können. Er wurde ja selbst so völlig überrascht davon.

3

Als sie dann später rings um das Feuer hocken und die Pfannkuchen mit Speck essen, auch einige der geradezu sensationellen Konservenbüchsen mit Pfirsichen öffnen, den heißen Kaffee schlürfen, da wirken sie nur äußerlich wie eine Mannschaft beim Abendessen.

Doch Stap Sunday und Nancy Sheridan sind Gefangene.

Gegen sieben Mann hat Stap Sunday keine Chance, nicht die geringste. Es könnte sogar sein, dass einige der sieben Reiter schneller sind mit dem Colt als er.

Einer von ihnen sagt plötzlich: »Stap, du hast uns noch gar nicht deiner schönen Frau vorgestellt.«

Er beugt sich etwas vor und sieht über das Feuer hinweg auf Nancy.

»Ich bin Juleman Lee. Ja, ich habe den gleichen Namen wie General Lee. Aber ich bin nicht mit ihm verwandt, hahaha!«

Sie nickt wortlos.

Dann aber beginnt Stap Sunday die anderen vorzustellen. Aber all die Namen sagen ihr kaum etwas. Sie merkt sie sich kaum. Die Männer selbst, ihre Ausstrahlungen, sagen ihr mehr.

Nur einen Namen merkt sie sich von Anfang an. Denn sie hält diesen Mann für den Anführer.

Der Name ist John Cannon.

Stap Sunday beginnt plötzlich zu sprechen.

Er sagt trocken: »Nancy, das waren mal meine Freunde. Wir ritten damals als Guerillas für den Süden, fügten der Unionsarmee Schaden zu, wie und wo wir nur konnten, besonders hinter den Linien der Unionsarmee. Überall!«

Nach diesen Worten macht er eine kleine Pause, blickt dann in die Runde in die vom Feuerschein angeleuchteten Gesichter. Ja, es sind harte und zugleich auch verwegene Gesichter.

Und dennoch sind es keine bösen, gemeinen oder gar brutalen Gesichter. Sie sind nur hart. Die sieben Texaner erwidern seine Blicke fest – aber zugleich auch irgendwie fordernd, so als wäre er ihnen etwas schuldig. Er spricht dann weiter: »Nach dem für den Süden verlorenen Krieg gab es für alle Guerillas, die sich freiwillig der Unionsarmee stellten, eine Amnestie. Sie erhielten Pardon und mussten sich verpflichten, nie wieder gegen Gesetze der Union zu verstoßen. Sollten sie Letzteres tun, dann würde die Amnestie sofort wieder aufgehoben werden. Wir ritten dann heim nach Texas. Hier herrschte die Besatzungsarmee, die so genannten ›Blaubäuche‹. Die Steuereintreiber der Union kannten keine Gnade. Einige arbeiteten mit reichen Yankees zusammen, die bei den Versteigerungen für Spottgelder wertvollen Grundbesitz ersteigern konnten. Farmen, Ranches, Frachtlinien, Sägemühlen – aaah, alles, was man sich nur denken konnte, kam unter den Hammer. Die Steuereintreiber der Yankees waren gnadenlos. Wer nicht zahlen konnte, der wurde erledigt. Überall fanden die Versteigerungen statt. Und überall waren die Aufkäufer zur Stelle. Es waren zumeist nur Handlanger und Beauftragte reicher Hintermänner, von so genannten Bodenverwertungsgesellschaften,

Syndikaten und dergleichen Geschäftemachern. Das konnten wir nicht länger mit ansehen. Und so schlugen wir zu. Wir nahmen den Steuereintreibern und den reichen Yankees ihr Geld ab und gaben es den Farmern, Ranchern, Handwerkern – all jenen, die nach den Steuerschätzungen zur Zahlung aufgefordert wurden. Die Fristen waren stets sehr kurz. Wir retteten viele Leute vor dem Ruin, bewahrten fleißige Familien davor, von ihrem Besitz verjagt zu werden. Ja, wir sorgten dafür, dass die Yankees nicht halb Texas für ein Spottgeld aufkaufen und die Kriegsgewinnler nicht noch weiterhin ihre Geschäfte machen konnten. Wir waren stolz auf unser Tun. Und die Menschen von Texas waren uns dankbar. Wir waren im San-Saba-Land die letzten Rebellen gegen Korruption und Willkür. Und natürlich wurden wir gejagt von der Besatzungstruppe. Aber darüber lachten wir nur. Denn von allen Texanern erhielten wir Hilfe.«

Wieder macht er eine kleine Pause.

Und die Männer rings um das Feuer schweigen. Aber sie sehen ihn an. Auch Nancy schweigt. Sie weiß, dass sie jetzt gleich das Ende der Geschichte zu hören bekommt.

Und dann wird alles klar sein zwischen den sieben Reitern und Stap Sunday.

Als dieser immer noch zögert, sagt jener hagere Reiter, dessen Namen sich Nancy merkte, weil sie ihn für den Anführer hält: »Na los, Stap, erzähl ihr auch noch den Rest.«

Stap nickt langsam.

Dann spricht er Wort für Wort: »Schließlich wurden

wir Banditen. Wir begannen damit, immer mehr von der Beute für uns zu behalten und immer weniger an die in Not geratenen Leute zu verteilen. Wir kannten bald kein Maß mehr. Das erbeutete Geld rann uns durch die Finger zu beiden Seiten der Grenze. Frauen, Spiel, Saufgelage, wertvolle Pferde, kostbare Waffen, silberbeschlagene Sättel, silberne Sporen und noch vieles mehr. Wir wurden richtige Banditen, verloren schnell unsere Ideale und konnten bald nichts mehr unter jenem humanitären Deckmantel verbergen. Wir waren plötzlich eine geld- und lebensgierige Bande geworden. Das schnell und kühn erbeutete Geld gaben wir ebenso schnell wieder aus. Ich ritt eines Tages einfach davon, ja, ich verließ diese Mannschaft wie ein Deserteur. So kam ich hier herauf in den Norden Montanas. Das ist die Geschichte, Nancy.«

Als er schweigt, ist es eine Weile still.

Dann sagt Nancy: »Du hast es richtig gemacht, Stap. Sonst wäre ich gewiss nicht deine Frau geworden, denn ich hätte es irgendwie gespürt, wenn du immer noch ein Bandit gewesen wärst.«

Sie sieht in die vom Feuerschein beleuchteten Gesichter der sieben Reiter. »Was wollt ihr von ihm? Ihr wollt doch was! Ich spüre es. Also sagt es endlich frei heraus.«

Nun beginnen sie Mann für Mann zu grinsen.

Dann sagt ihr Anführer John Cannon langsam Wort für Wort:

»Er hat etwas nicht berichtet von damals, und so will ich das für ihn tun. Als er sich damals aus unserem Camp schlich, sich einfach aus dem Staub machte mit zwei guten Ersatzpferden, da hatte er Wache gehabt zwischen Mitternacht und Sonnenaufgang. Aber er ritt einfach fort. Als er fort war, umstellte ein Aufgebot unser Camp. Wir waren damals noch einige Reiter mehr. Shorty, Johnny, Lucky Ben und Chet waren noch bei uns. Aber sie starben. Auch von uns wurden einige mehr oder weniger schlimm verwundet. So fielen wir in die Hände der Blaubäuche. Zum Glück besaßen wir noch Freunde in Texas. Als der Gefangenenwagen mit uns unterwegs nach Fort Worth war, wurden wir befreit. Und danach begann eine gnadenlose Jagd auf uns. Aber wir ließen uns nicht mehr fangen. Im Gegenteil, wir schlugen einige Male hart zu und machten gute Beute. Jetzt sind wir hier, um in einem einsamen Camp zu überwintern und dadurch unsere Fährte zu verwischen. Wir fanden schon einen guten Platz und waren eigentlich nur unterwegs, um uns Ausrüstung und Proviant zu beschaffen. Einer von uns beobachtete Stap bei der Schiffslandestelle und sah, was alles er von Bord holte und in den Wagen lud. Wir beschlossen, ihn wieder in unsere Mannschaft aufzunehmen – mit dem vollgeladenen Wagen und mit seiner reizvollen Frau!« Er schwieg einen Moment, dann wandte er sich an Stap. »Du hast ja wohl noch etwas gutzumachen – oder?«

Die letzten Worte sind eine harte, drohende und zugleich herausfordernde Frage.

Nancy weiß plötzlich Bescheid.

Die Kerle wollen sie mitnehmen in ihr verborgenes Camp.

Und sie wollen auch Stap Sunday bei sich haben.

Wenn sie ihre Fährte bis zum Frühjahr verwischen wollen, bleibt ihnen nichts anderes übrig. Oder sie müssten Stap Sunday und Nancy tot zurücklassen.

Vielleicht würde ihnen das nicht sehr viel ausmachen. Doch sie wollen ihn wieder in ihrer Mannschaft haben. Er soll es nicht besser haben als sie. Sie gönnen ihm nicht, dass er sich einen neuen Anfang schuf. Er soll wieder einer von ihnen sein, ein Geächteter, ein gesuchter Bandit.

Stap Sunday bewegt die Lippen, öffnet den Mund, will etwas sagen. Doch er lässt es bleiben. Er denkt jedoch an Ben Vansitter, seinen Partner und ihre Minenarbeiter, die auf seine Rückkehr warten und für die die Wagenladung so wichtig ist in der einsamen Mine im verborgenen Canyon.

Die Ladung ist lebenswichtig für diese Männer. Und wenn der Wagen mit der Ladung für sie verloren sein sollte, dann werden sie bald zu hungern beginnen.

Was wird Ben Vansitter dann in Gang bringen?

Gewiss wird er nach dem verlorenen Wagen suchen.

Und vielleicht ist es gut, wenn diese sieben Texaner, die Banditen wurden, von Ben Vansitter nichts wissen. Ja, das wäre gut. Denn Ben Vansitter ist nicht irgendwer.

Deshalb sagt Stap Sunday nichts mehr.

Es hätte auch kaum irgendwelchen Sinn gehabt, seinen einstigen Sattelgefährten zu sagen, dass andere Männer in einer Mine auf die Ladung warten und wahrscheinlich umkommen werden, wenn der Wagen mit seiner Fracht verloren gehen sollte.

Nein, es hätte keinen Sinn.

Das Schweigen am Feuer hält an.

Erst nach einer langen Pause, die so lang ist, dass man in ihr eine ganze Zigarette aufrauchen konnte, sagt einer der Männer: »Ja, er hat etwas gutzumachen. Eine Riesenmenge. Er schlich davon, desertierte, obwohl er Wache hatte. Und wir wurden überfallen, gerieten in Gefangenschaft. Einige von uns starben, und wir alle verloren Blut. Stap Sunday, wenn es nach mir ginge, dann würde ich dich jetzt zum Duell fordern nach guter, alter Texanerart. Aber wir haben beschlossen, dich am Leben zu lassen und dir Gelegenheit zu geben, deine Schulden zu bezahlen.«

Sie alle in der Runde nicken zu Jim Hendersons Worten.

Und im Feuerschein starren sie ihn an, hart, fordernd, unversöhnlich.

Ja, für sie alle ist er ein Verräter.

Als er sich langsam erhebt, tun auch sie es lauernd, drohend.

Pete Slaugther sagt heiser: »Wir sollten ihm den Colt wegnehmen. He, Stap, her mit deinem Colt!«

Er streckt die Hand aus. »Wirf ihn einfach über das Feuer hinweg zu mir herüber!«

Die Stimme klingt fordernd.

Doch Stap Sunday, der bisher schwieg und alles mit knirschenden Zähnen ertrug, gewissermaßen herunterschluckte, öffnet nun die fest zusammengepressten Lippen. »Meinen Colt bekommt ihr nur, wenn ich tot bin. Aber bis es soweit ist, werden gewiss auch von euch welche tot sein. Also?« Als er verstummt, da begreifen sie, dass sie ihn jetzt weit genug in die Enge trieben und er immer noch ein Mann ist, dessen Stolz größer ist als die Furcht um sein Leben.

Er wird lieber kämpfen und untergehen, als ihnen seinen Colt zu übergeben.

Das können sie deutlich spüren. Er strömt dies alles aus wie einen heißen Atm. Und weil sie ja alle zu seiner Sorte gehören, begreifen sie es schnell.

John Cannon sagt nach einer Weile des Schweigens, in der nur die Atemzüge der Männer und das Knistern der Holzstücke in den Flammen des Feuers zu hören sind:

»Nun gut, lassen wir ihm den Colt.«

Sie verharren noch einige Atemzüge lang starr.

Dann aber wendet sich Stap Sunday an Nancy. »Gehen wir schlafen, Nancy. Komm!«

Und er nimmt sie bei der Hand.

Die Männer am Feuer sehen dem sich entfernenden Paar schweigend nach und beobachten bewegungslos, wie die beiden im Wagen verschwinden.

Ja, auch Stap Stap Sunday klettert mit in den Wagen.

Sie gelten ja als Ehepaar vor den sieben Texanern. Drinnen aber flüstert er an Nancy Ohr: »Verzeih mir, aber wenn sie dich für meine Frau halten, bist du sicherer. Sie sind zwar Banditen geworden – und sie hassen mich, aber sie werden es dich nicht büßen lassen, solange sie dich für eine ehrenwerte Frau halten. In dieser Hinsicht sind sie sicherlich noch echte Texaner. Du bist in eine üble Lage geraten, Nancy. Verzeih mir.«

»Das alles konntest du nicht voraussehen«, flüstert sie zurück.

Sie legen sich auf das Lager zwischen der Ladung, das sie in der vergangenen Nacht noch allein benutzte.

Aber als sie beisammenliegen, da drängt sie sich in seine Arme.

»Es wird alles gut werden«, flüstert sie. »Ich glaube daran, und ich will zu dir halten, als wäre ich wirklich deine Frau.«

Und dann küsst sie ihn. Sie tut es impulsiv, denn ihr Instinkt sagt ihr, dass sie einem besonderen Manne begegnet ist, wie es keinen zweiten gibt unter zehntausend.

Ja, das spürt sie stark.

4

Als sie im Morgengrauen in Gang kommen, spricht niemand ein Wort. Und als sie aufbrechen, übernimmt John Cannon die Führung. Die anderen sechs Reiter umgeben in loser Formation den Wagen.

Stap Sunday hätte nie die Chance, sie alle vor die Schrotflinte zu bekommen. Und schon gar nicht würde er sie mit seinem schnellen Colt überrumpeln können. Er weiß es zu gut. Überdies wären ihm John Cannon und Saba Worth wahrscheinlich in einem fairen Revolverduell gewachsen, also schneller als er.

Sie verlassen bald schon den durch kaum erkennbare Radfurchen geprägten Weg, der zur Mine geführt hätte, und tauchen in den Hügeln unter. Das Land ist unübersichtlich und wild. Es ist ein Land mit tausend verborgenen Winkeln, in dem zwei Armeen miteinander ein Versteckspiel austragen könnten.

Sie reiten und fahren im Verlauf des Tages auch in ein Bachbett hinein und folgen diesem Bachbett stromaufwärts. Manchmal müssen die Reiter absitzen, um Steine aus dem Weg zu räumen.

Auch helfen sie mit Hilfe ihrer Lassos und Sattelpferde dem Wagengespann.

Den ganzen Tag bleiben sie unterwegs und beziehen erst nach der Dunkelheit ein Camp.

Als das Feuer lodert und die Wärme sich ausbreitet, da fallen die ersten Schneeflocken.

Einer der Männer sagt heiser: »Das ist gut. Der Schnee deckt unsere Fährte zu. Das ist gut.«

Nancy will sich wieder – so wie am Vortag – um das Abendessen kümmern und das Kochgerät aus dem Wagen holen.

Doch John Cannon sagt: »Lady, das brauchen Sie nicht mehr zu tun, nicht mehr unterwegs. Juleman Lee ist unser Koch. Es ist zu kalt und zu primitiv für eine Frau jetzt unterwegs.«

Sie sieht ihn fest an und erwidert: »Wenn Sie wirklich gegenüber Frauen noch texanische Gentlemen sein wollen, dann lassen Sie mich und Stap unserer Wege reiten. Ich glaube, dass Stap Ihnen den Wagen mit der Ladung überlassen würde, weil er vielleicht etwas gutmachen möchte. Also?«

Aber John Cannon schüttelt den Kopf.

»Stap ist uns mehr schuldig als nur einen Wagen voller Ladung, sehr viel mehr. Und er weiß das genau. Es mussten Männer sterben, die seine Freunde und Sattelgefährten waren und die sich darauf verließen, dass er ihren Schlaf bewachte. Er ist uns verdammt mehr schuldig, Lady. Wären Sie nicht bei ihm, dann ...«

Er spricht nicht weiter, doch seine Hand klatscht gegen den Revolverkolben. Es ist eine eindeutige Geste. Nancy begreift, dass Stap jetzt schon tot wäre, hätten sie ihn allein erwischt.

Und so war es ein Glück für ihn, dass er sie mitnahm und als seine Frau ausgab. In der vergangenen Nacht lag sie in seinen Armen und spürte tief in ihrem Kern, dass sie ihn liebte. Dieses Gefühl kam plötzlich. Sie konnte nichts dagegen tun. Er war jählings einsam und allein gegen sieben Feinde. Seine Vergangenheit, der er entfliehen wollte, hatte ihn eingeholt.

Und sie – Nancy – war impulsiv auf seiner Seite.

Erst im Wagen und in seinen Armen fragte sie sich, warum.

Da begriff sie, dass er der Mann war, nach dem sie schon lange suchte und den sie bisher nicht finden konnte auf ihren rauen Wegen.

Sie wendet sich ab und geht zu Stap, der das Gespann ausschirrt und zu versorgen beginnt. Dabei hilft sie ihm. Es ist eine schweigsame Verbundenheit zwischen ihnen. Ja, sie wurden ein Paar.

Aber wie soll es weitergehen?

Was wird sein – morgen, übermorgen?

Werden ihn die Texaner töten wie einen Verräter und Deserteur?

Ja, was wird sein?

Sie würde so gerne eine Antwort auf ihre Fragen haben, die immer wieder aus ihrem Kern aufsteigen als Gedanken. Doch es gibt keine Antwort.

Die Nacht vergeht.

Auch am nächsten Tag hält der Schneefall noch an. Sie bringen den schwer beladenen Wagen immer mühsamer vorwärts durch das wilde Land. Immer wieder müssen die sieben Reiter mit Hilfe ihrer Lassos helfen oder Hindernisse aus dem Weg räumen. Der Schnee wird auch stetig tiefer.

Aber am Abend dieses Tages endlich gelangen sie in einen gewundenen, schmalen Canyon. Gleich rechts neben dem Eingang befindet sich ein Loch in der Felswand. Es ist eine natürliche Höhle.

John Cannon wendet sich vom Sattel aus zu Stap Sunday hin und deutet mit dem Daumen seiner Rechten auf das Loch. Sein stoppelbärtiges Gesicht verzerrt sich zu einem zufriedenen Grinsen.

»Da hinein! Fahr nur hinein! Die Höhle ist groß genug!«

Stap Sunday gehorcht.

Die Wagenplane streift nur wenig die Wölbung des Höhleneingangs. Dann sind sie in der Höhle. Drinnen brennt ein Feuer. Am Feuer liegt ein Mann.

John Cannons Stimme brüllt böse: »Louis, bist du schon wieder besoffen wie ein ganzes Fass voller Pumaspucke, du verdammter, roter Hurensohn?!«

Der Schläfer schreckt auf, taumelt hoch.

Offenbar handelt es sich um einen Halbblutmann, und ganz sicherlich ist er noch betrunken, obwohl er wahrscheinlich schon einige Stunden seinen Rausch ausschlief.

Seine Stimme klingt heiser, als er beleidigt ruft: »Hölle, ich bin kein roter Hurensohn, ich bin ein Weißer, ein verdammt weißer Mann! Mein Vater war ein französischer Edelmann! Verdammt, wie oft soll ich das noch sagen?!«

»Hahahahaha«, lacht einer der anderen Reiter, die inzwischen ebenfalls in die Höhle geritten kamen und absitzen, »hahahaha, dein Vater war ein französischer Hurenbock, nichts anderes, ein Bursche, der bei den Indianern lebte und mit diesen Hundefleisch und Pferdeäpfel fraß, hahahaha!«

Der Halbblutmann erwidert nichts mehr, aber sein Gesicht verzerrt sich vor Wut. Dann aber greift er eine Flasche vom Boden, setzt sie an und hebt sie mit zurückgeneigtem Kopf empor.

Aber sie erweist sich als leer.

Er wirft sie fluchend in den dunklen Hintergrund der Höhle.

»Verdammt, ich muss schon wieder neuen Schnaps brennen«, grollt er. »Und ihr könnt mich alle mal! Vergesst nur nicht, dass ich dieses Land kenne wie meine eigenen Handflächen. Ihr braucht mich! Ohne mich werdet ihr hier gar nicht gut aussehen, ganz und gar nicht gut! Nennt mich nur nicht noch mal einen roten Hurensohn! Dann sage ich euch, dass ihr texanische Hurensöhne seid, verstanden!«

Sie lachten durcheinander, denn sie nehmen ihn nicht ernst.

Er geht schwankend davon, taucht im Hintergrund der Höhle unter, wo man undeutlich die Gerätschaften einer primitiven Schnapsbrennanlage erkennen kann.

Die Männer bewegen sich jetzt, satteln ab, beginnen sich in der Höhle einzurichten. Es gibt hier einige Schlafstellen. Es sind primitive Pritschen. Auch einige Bänke aus Holzknüppeln und ein langer Tisch aus gleichem Material sind vorhanden. Die Männer wohnen anscheinend schon einige Wochen in der großen Höhle.

Vance McClusky sagt laut: »Wenn wir den Wagen ausgeladen haben, dann nehmen wir den Wagenboden und machen eine Tischplatte daraus. Verdammt, dann haben wir endlich einen richtigen Tisch, auf dem unsere Blechtassen und Blechteller stehen können. Und auch beim Kartenspiel wird es nun anders sein!«

Sie beginnen nun eilig den Wagen zu entladen.

Stap Sunday kümmert sich noch um seine vier Pferde. Der linke Teil der Höhle ist fast wie ein Stall eingerichtet. Es gibt Boxen, Haltebalken und Futtervorräte. Es wurde in den vergangenen Wochen irgendwo im Canyon Heu gemacht, auch Blätter in Haufen gesammelt und hier aufgeschichtet.

Draußen vor der Höhle fließt ein Creek.

»Wir werden die Wagenplane vor den Eingang hängen«, bestimmt John Cannon. »Das müssen wir so gut machen, dass kein kalter Wind hereinwehen kann. Vielleicht sollten wir einige Tannen fällen und sie von außen noch zusätzlich als Schutz anlehnen. Dieser verdammte Louis hat während unserer Abwesenheit nicht viel vollbracht. Der war wohl zu sehr mit Schnapsbrennen und Saufen beschäftigt.«

Nancy Sheridan sieht und hört das alles, indes sie etwas abseits und vorerst kaum beachtet an der Höhlenwand lehnt. Die Knie zittern ihr, denn erst jetzt begreift sie richtig, was sein wird.

Als einzige Frau wird sie mit der Bande den Winter in dieser Höhle verbringen müssen.

Furcht steigt immer wieder in ihr auf, und sie muss sie gewissermaßen fortwährend herunterschlucken, in den innersten Kern zurückdrängen.

Wahrscheinlich befindet sie sich in der schlimmsten Patsche ihres Lebens. Nach einer Weile kommt Stap Sunday zu ihr.

»Wir werden uns in dieser Nische dort einrichten«, spricht er ruhig. Im Halbdunkel der Höhle sehen sie sich an.

Sie kann erkennen, dass er beherrscht und ohne Furcht ist, ganz und gar ein Mann, der allem, was kommt, fest entgegensehen und dementsprechend handeln wird. Plötzlich fasst sie wieder Mut.

Seine Nähe und der Blick seiner Augen geben ihr neue Kraft.

Sie beginnen ihr Gepäck zu holen. In der Höhlenwand gibt es eine Nische, ähnlich einer Kammer.

Ja, sie beginnen sich einzurichten.

Was bleibt ihnen sonst übrig!

Noch bevor die Nacht draußen in den grauen Schneetag übergeht, wird Nancy wach. Dicht neben ihr liegt Stap Sunday. Sein Atem geht tief und ruhig. Sie weiß, dass er jetzt ausruht, Kraft schöpft, um allen Dingen, die da kommen werden, gewachsen zu sein.

Im ersten Moment glaubt sie, dass sie in einem Mietstall übernachtet. Oh, sie musste dies schon mehrmals tun, weil sie kein anderes Obdach auf ihren rauen Wegen finden konnte.

Die Pferde in der Höhle – es sind ja fast zwei Dutzend, denn die Bande besitzt einige Reserve- oder Packtiere – machen die typischen Geräusche, die auch in einem Stall zu vernehmen sind.

Da ist ständig ein Schnauben, Grunzen, Scharren, Stampfen. Manchmal lässt ein Tier plätschernd Wasser oder Äpfel fallen.

Der Geruch ist überall. Doch zugleich verbreiten die Tiere auch Wärme. Männer schnarchen dann und wann laut. Manchmal wirft der Wächter Holz ins

Feuer. Nancy und Stap haben ihre kleine Nische mit vorgehängten Decken abgeteilt. Aber darüber hinweg leuchtet der Schein des Feuers, wenn die Flammen wieder auflodern.

Was wird sein? Wieder stellt Nancy sich diese Frage.

Aber dann rollt sie sich in Staps Arme. Er umfasst sie im Halbschlaf und murmelt: »Fürchte dich nicht, Nancy. Schlaf weiter! Irgendwie wird alles gut! Fürchte dich nicht.«

»Nein, ich werde mich nicht fürchten«, flüstert sie zurück.

Und dann schläft sie tatsächlich wieder ein.

5

Ben Vansitter wirft die beiden kleinen Ledersäckchen mit Gold fast achtlos in die zwei Satteltaschen und diese dann mit einem Schwung über die Schulter, sodass eine der Satteltaschen vor seiner Brust und die andere hinter seinem Rücken hängt.

Dann tritt er aus der Hütte, wo die Männer mit seinem Pferd auf ihn warten.

Es sind acht Männer, und sie arbeiten in Ben Vansitters und Stap Sundays Mine. Sie sind froh, diesen Job bekommen zu haben, denn er bedeutet nicht nur vier Dollar Lohn für jede Schicht, sondern auch freie Unterkunft und Verpflegung. Besonders die beiden letzteren Dinge sind im Goldland bis zum Frühling wichtig.

Die Männer können ihren Lohn sparen, sich dann im Frühling eine Ausrüstung kaufen und selbst einen Claim abstecken, um auf Goldsuche zu gehen.

Doch jetzt sieht es gar nicht mehr gut für sie aus.

Denn Stap Sunday ist mit dem Wagen überfällig.

Schon vor Tagen hätte er eintreffen müssen.

Ben Vansitter betrachtet sie mit einem festen, prüfenden Blick. Vansitter ist ein dunkelhaariger, zäher Bursche, der sich leicht als Indianer verkleiden könnte. Doch seine Augen sind hell.

Er nickt den Männern zu und spricht Wort für Wort:

»Also wenn ihr nicht länger mehr hungern könnt, dann schlachtet ein Pferd. Ich werde mich nach Stap und dem überfälligen Wagen umsehen. Wenn beide verloren sein sollten, reite ich zur Schiffslandestelle. Zu Überpreisen bekomme ich dort gewiss noch Proviant und Ausrüstung. Das ist jeden Winter so. Und wenn der Schnee zu tief liegen sollte, komme ich mit einem Schlitten. Ich komme und bringe alles, was wir notwendig haben. Das verspreche ich euch.«

»Und wenn du nicht kommst?« So fragt einer der Männer, ein kleiner, drahtiger Ire.

Vansitter grinst.

»Dann bin ich in der Hölle,« erwidert er.

Er nimmt die Satteltaschen von der Schulter und wirft sie über den Pferdenacken. Mit einer leichten, gleitenden Bewegung schwingt er sich auf den grauen, narbigen Wallach.

Und dann reitet er wortlos davon.

Die Männer blicken ihm nach.

Einer murmelt: »Ich habe mich schon immer gefragt, wer von ihnen der bessere Mann sein würde in Not und Gefahr, Sunday oder Vansitter. Und wenn Sunday in der Klemme sitzt, den Wagen mit der Ladung verlor und Vansitter das alles wieder in Ordnung bringt, dann gehört ihm wohl der große Preis – oder?«

Die andern schweigen oder wiegen zweifelnd die Köpfe. Nach einer Weile sagt einer:

»So kann man das wohl nicht sehen. Das kommt wohl stets auf die Umstände an. Sie sind beide besondere Nummern. Schlachten wir also einen Gaul. Ich habe Hunger auf Fleisch.«

Sie bewegen sich durch den erst zwei Zoll tiefen Schnee zum Corral hin, in dem sich einige Pferde befinden.

Die Mine liegt in einer einsamen Schlucht, die als Sack-Schlucht in einem kleinen Kessel endet.

Sie führen ein Pferd aus dem Corral. Bald darauf kracht ein Schuss. Denn sie wollen überleben. Und selbst zähes Pferdefleisch ist besser als Hunger.

Indes reitet Ben Vansitter Meile um Meile durch den Schnee, der in ungeschützten Lagen – also außerhalb der Schluchten – etwa einen Fuß hoch liegt.

Bis zu der Stelle, wo die Banditen mit dem Wagen und ihren Gefangenen vom Wagenweg abbogen, sind es etwas mehr als vierzig Meilen. Der Schnee erschwert das Vorwärtskommen. Vansitter kann die Stelle erst am nächsten Tag erreichen. Doch er kennt sie ja nicht. Er weiß von nichts. Überdies hat der Schnee längst alle Fährten zugedeckt. Wahrscheinlich wird er ahnungslos in Richtung Fort Benton reiten, immer in der Hoffnung, Stap Sunday mit dem Wagen kommen zu sehen.

Es ist ein mühsames Reiten. Er hält scharf Ausschau nach allen Seiten, denn er weiß zu gut, dass dieses Land voller Gefahren ist. Er hat Gold bei sich, gute Waffen und ein gutes Pferd.

Auf all diese Dinge sind eine Menge Burschen scharf in diesem Land. Und sie lauern überall. Ben Vansitter ist kein Texaner wie Stap Sunday. Er wurde in diesem Land geboren. Sein Vater war ein Händler, der mit den Indianern von Fort Laramie aus Handel trieb.

Einst ritt Ben Vansitter als junger Bursche nach Süden bis nach Mexiko hinunter. Als er nach Jahren zurück in dieses Land kam, waren seine Eltern tot.

Er konnte nur noch ihre Gräber besuchen.

Und er blieb in diesem Land.

Im vergangenen Jahr half ihm der Texaner Stap Sunday aus einer Klemme. Sie wurden Freunde und Partner und fanden in einer verlassenen Mine neue Goldvorkommen. An Stap Sundays Zuverlässigkeit zweifelte Vansitter keinen Moment.

Er weiß, es muss etwas geschehen sein.

Und er ist genau der Mann, um dies herauszufinden.

Nachdem sie alle lange genug geschlafen haben, beginnt für die zu einer Banditenbande gewordene Texas-Mannschaft ein Fest.

Sie prassen regelrecht. Die erbeuteten Vorräte lassen dies zu. Denn sie haben fast alles, was sie in den letzten Wochen vermissten. Juleman Lee ist wahrhaftig ein guter Koch. Er bereitet köstliche Dinge, und besonders seine Rosinen- und Apfelkuchen schmecken hervorragend.

Sie trinken auch guten Whisky, nicht mehr das »Schlangengift« von Louis, wie sie seinen Schnaps nennen, den er aus irgendwelchem gährenden Pampezeug brennt, das fürchterlich stinkt. Am dritten Tag dann sind sie wieder tatendurstig.

John Cannon sagt zu Louis: »Also los, sieh dich mal um dort draußen. Du hast behauptet, dass wir hier ziemlich dicht an den Schleichwegen sind, auf denen man das Gold aus den Fundgebieten bringt, weil die Postkutsche fast alle angehalten und nach Gold durchsucht werden.

»Sicher.« Louis, der heute einigermaßen nüchtern ist, grinst. »Die Goldgräber und Minen lassen das Gold von erfahrenen Männern aus dem Land nach Fort Benton bringen, von ehemaligen Pelztierjägern und Bergläufern, Scouts und Indianerkämpfern, von Burschen also, die alle Schleichwege kennen und sich nicht so leicht erwischen lassen. Ich wäre auch solch ein Bursche gewesen, wenn man mir getraut hätte. Aber mir traut ja keiner.«

»Doch – wir«, sagt Juleman Lee und grinst. »Denn hier bei uns bekommst du gutes Essen und kannst aus irgendwelchem Mist Schnaps brennen. Ich hätte nie gedacht, dass man aus Abfällen Schnaps brennen könnte. Aber ich warne dich. Stiehl uns keine Apfelringe, keinen Mais, keine Rosinen, keine Kartoffeln. Die brauchen wir zum Essen, nicht für deine Pumaspucke. Also, weil es dir bei uns so gut geht, trauen wir dir. Denn du wirst immer wieder zu meinen Töpfen und zu deiner Schnapsbrennanlage zurückwollen.«

Sie lachen.

Dann bestimmt John Cannon: »He, Pete, du wirst mit ihm reiten. Seht euch gut um. Lass dir alles erklären. Wenn Schnee liegt, sieht das Land anders aus. Aber bleibt nicht länger als zwei Tage fort.«

Pete Slaugther nickt sofort. Er ist offenbar froh, aus dem Mief der Höhle zu kommen und wieder ein Pferd unter sich zu haben.

Bald schon verschwindet er mit Louis.

Die zurückbleibenden Männer vertreiben sich die Zeit zumeist mit Kartenspiel. Stap Sunday und Nancy Sheridan halten sich abseits.

Manchmal suchen die Blicke der Männer nach Nancy. Sie betrachten die Frau dann stets mit einem staunenden und bewundernden Ausdruck, so als könnten sie noch gar nicht fassen, dass solch eine Augenweide unter ihnen weilt.

Nein, es ist noch kein begieriges Funkeln in ihren Augen, aber bei Nancys Anblick kommen gewiss viele Erinnerungen in ihnen hoch. Und so erinnern sie sich dann an gute Dinge in Zusammenhang mit Frauen, an Erlebnisse, die ihnen einst eine Menge bedeuteten und die sie tief in ihrem Kern verdrängten. Sie halten Nancy für eine ehrenwerte Frau, für Stap Sundays Frau. Und sie gibt sich auch alle Mühe, sich so darzustellen. In ihrem Gepäck aber befinden sich einige Kleider, die den Männern sofort verraten würden, dass Nancy in den Tingeltangels und Spielhallen arbeitete, dass sie eine dieser Glücksjägerinnen ist, die aus der Masse der Tingeltangel-Girls heraustreten und sich inmitten einer rauen Männerwelt behaupten können.

Sie weiß, dass sie ihr alle nachstellen würden, wenn sie herausfinden sollten, zu welcher Sorte sie gehört.

Und so spielt sie ihre Rolle gut.

Was Stap Sunday betrifft, so lassen ihn seine einstigen Sattelgefährten noch in Ruhe. Doch sie strafen ihn ganz offensichtlich mit Verachtung. Das ist an ihren Blicken und Mienen zu erkennen, aber auch im Klang ihrer Stimmen, wenn sie wirklich mal ein Wort an ihn richten müssen.

Denn sie hassen und verachten ihn.

Sie sind auch längst noch nicht fertig mit ihm. Irgendwann und irgendwie werden sie sich für den vermeintlichen Verrat revanchieren. Das ist zu spüren, liegt ständig sozusagen in der Luft.

Aber immer noch nicht nahmen sie ihm den Colt weg.

Aber vielleicht ist das für sie ein Spiel.

Sie wissen zu gut, dass er keine Chance hat gegen sie.

Auch er weiß das, und er fragt sich immer wieder, was sie mit ihm tun werden. Über eines jedoch ist er sich jetzt klar: Sie wollen von hier aus Beute machen. Sie wollen das Gold, das erfahrene Reiter auf Schleichwegen aus den Goldfundgebieten nach Fort Benton schaffen.

Deshalb versicherten sie sich auch der Hilfe des erfahrenen Halbbluts Louis.

Sie sind wahrhaftig eine gefährliche und erfahrene Bande, die es mit gewiss nicht weniger erfahrenen Burschen aufnehmen will. Denn jene Männer, die auf Schleichwegen das Gold aus dem Goldland transportieren, das sind vertrauenswürdige und erfahrene Burschen, gewiss die besten von zehntausend.

Nun, Stap Sunday spürt den Hass, die Verachtung und die ständig drohende und lauernde Gefahr. Er weiß, irgendwann wird die Gewalttat ausbrechen. Dann muss er bereit sein.

Aber kann er die ständige Spannung aushalten?

Er vermeidet es, seinen einstigen Gefährten den Rücken zuzukehren, obwohl er noch nicht glauben kann, dass sie ihn von hinten anfallen werden. Doch da er jetzt ständig ihre Verachtung und ihren Hass spürt, muss er wohl alles für möglich halten.

Diese ständige Spannung zerrt an seinen Nerven. Er spürt das schon jetzt.

Und wie soll es weitergehen, wenn es noch Wochen so dauert?

Überdies macht er sich auch Sorgen wegen Nancy.

Gewiss, die sieben Männer sind Texaner. Aber aus einstigen patriotischen Idealisten wurden Banditen.

Und so ist es wohl auch möglich, dass sie weiter absteigen und auch die allerletzte Ehre verlieren.

Dann wäre Nancy in Gefahr.

6

Halbblut-Louis, wie man ihn allgemein in diesem Land nennt, reitet diesmal auf einem guten Pferd. Denn er nahm sich eines der vier Tiere, die Stap Sundays Wagen zogen. Es sind Tiere, die man auch als Reitpferde benutzen kann. Und sie alle sind besser als das magere Indianerpferd von Louis.

Er führt Pete Slaugther durch den fußhohen Schnee, und nachdem sie etwa zwei Stunden geritten sind, blicken sie von einem Hügelkamm aus – sich dabei jedoch in guter Deckung haltend – in einen gewundenen Canyon nieder, der zumeist fast eine halbe Meile breit ist.

»Das ist einer der Wege«, sagt Louis. »Der Eingang ist schlecht zu finden im Norden. Man vermutet nicht, dass sich die kleine Lücke zu einem Canyon weiten könnte, denn sie wird völlig ausgefüllt vom Creek. Siehst du eine Fährte?«

»Nein«, brummt Pete Slaugther und stopft sich seine alte Pfeife. »Ich sehe eine Menge Fährten von Tieren im Schnee, doch keine Hufspuren von Pferden.«

»Aber es ist einer der Schleichwege aus dem Goldland«, murrt Louis aufsässig. »Was kann ich dafür, dass nicht jede Minute ein Reiter mit einem Sack Gold dahergeritten kommt. He, da muss man manchmal eine ganze Woche oder noch länger warten. Wollen wir es uns bequem machen?«

»Da kommt ein Reiter«, sagt Pete Slaugther und deutet nach Norden zu den sich dort zu einer Schlucht verengenden Canyon hinauf.

Louis staunt mit offenem Munde.

»Tatsächlich«, krächzt er. »Was es doch für Zufälle gibt ... Da sind wir erst wenige Minuten hier – und schon ...«

»Den holen wir uns«, unterbricht ihn Pete Slaugther. »Jetzt kannst du gleich mal sehen, was ein texanischer Revolvermann mit einem Burschen macht, den man hier für gut genug hält, ihn auf Schleichwegen Gold transportieren zu lassen. Aber vielleicht hat er gar kein Gold und reitet nur so.«

»Dann brauchte er nicht auf diesem Schleichweg abseits der Wagenwege zu kommen.« Louis grinst. »Ich gehe jede Wette ein, dass er Gold bei sich hat. Wollen wir um das Gold wetten, das dein Anteil sein wird?«

»Bin ich verrückt?« So fragt Pete Slaugther ärgerlich zurück und tritt zu seinem Pferd, schwingt sich leicht in den Sattel und zieht dann seinen Colt, um die Waffe noch einmal zu überprüfen. Als er es getan hat, reitet er den Hügel abwärts und geradewegs auf den näher kommenden Reiter zu.

Louis folgt ihm, hält sich jedoch seitlich von ihm eine halbe Pferdelänge zurück. Der Reiter entdeckt sie sofort, doch er reitet ruhig weiter. Und so kommt es, dass sie sich im rechten Winkel nähern. Aber die beiden Banditen sind etwas früher auf der Linie des Reiters.

Sie halten an und erwarten ihn.

Der Reiter ist Ben Vansitter.

Als sie nur noch ein knappes Dutzend Schritte voneinander entfernt sind, hält Vansitter an. Er sagt nichts, wartet schweigend.

Dafür spricht Pete Slaugther: »Hallo, Mister, hast du Gold bei dir?«

»Und wenn?« So fragt Vansitter knapp. In seiner ruhigen Stimme ist ein amüsierter Klang.

Pete Slaugther lacht leise. »Dann möchte ich es haben«, verlangt er. »Dies hier ist eine Art Zollgrenze. Hier wird jedes Gold konfisziert, verstanden?«

»Aaah. Du bist also ein Bandit?« Vansitter fragt es grinsend.

»Aaah, ich will nur schnell reich werden!« Slaugther versucht seiner Stimme den gleichen amüsierten Klang zu geben. Bei dem »Aaah« gelingt es ihm täuschend ähnlich.

»Na, dann versucht es mal«, grinst Vansitter zurück.

Und dann schnappt er auch schon nach seinem Colt, um den beiden Banditen zuvorzukommen. Denn nicht nur Slaugther, sondern auch Louis ist dabei, den Colt herauszuzaubern. Und so langsam ist Halbblut-Louis gar nicht, aber doch langsam genug für Vansitter. Denn dieser hat genügend Zeit, ihm die zweite Kugel zu verpassen, indes Slaugther getroffen im Sattel schwankt, ja fast vom Pferd fällt und sich mühsam nur am Sattelhorn im Gleichgewicht halten kann.

Der Colt entfällt ihm, verschwindet im Schnee.

Und er zieht sein Pferd mit Schenkeldruck herum und reitet stöhnend davon. Er hat genug, will nur noch weg, und was er tut, das geschieht instinktiv, denn er ist fast völlig bewusstlos.

Louis aber fällt vom Pferd.

Und dieses Pferd erkennt Ben Vansitter nun endlich.

Es ist eines der Wagenpferde, mit denen Stap Sunday losfuhr zur Schiffslandestelle.

Er wirft einen schnellen Blick hinter dem flüchtenden Pete Slaughter her, erkennt, wie mühsam dieser sich im Sattel hält und kommt zu der Überzeugung, dass der Bursche bald in den Schnee fallen wird.

Und so sitzt er ab, um den stöhnenden Louis zu fragen, woher er das Pferd bekommen hat.

Als er bei ihm kniet, kann er erkennen, dass er Louis in den Bauch geschossen hat. Der Halbblutmann hat keine Chance mehr. Und das weiß Louis genau.

Er starrt Ben Vansitter böse an.

Doch plötzlich grinst er verzerrt und stöhnt: »Es gibt immer einen Anfang und ein Ende. Ich glaube, wenn ich gleich einschlafe und dann wieder aufwache, dann werde ich Petrus sehen. Aber er wird mich nicht ins Himmelreich einlassen. Er wird mich in die Hölle schicken.«

»Vielleicht nicht, wenn du bereust«, erwidert Vansitter. »Wenn du bedauerst und ein letztes gutes Werk tust. Denn ich hätte eine Frage an dich.«

»Dann frag doch, solange ich noch lebe«, ächzt Louis. »Du brauchst dich nicht zu zieren. Ich sage dir alles.«

»Dein Pferd«, spricht Vansitter, »woher hast du das!«

Da grinst Louis verzerrt. In seinen Augen funkelt es noch einmal.

»Da sind sieben Texaner«, ächzt er. »Und sie schnappten sich einen Wagen voller Vorräte und Ausrüstung. Sie schnappten sich auch diesen Stap Sunday, der ein alter Sattelgefährte von ihnen war, sich aber in Texas von ihnen trennte. Sie schnappten auch Stap Sundays

Frau. Die ist verdammt schön. Sie alle hocken in einer Höhle und werden auf die Goldreiter warten. Du solltest der Erste sein, den wir ausraubten. He, hast du Gold bei dir? Das hätte ich noch gerne gewusst.«

»Für zwanzigtausend Dollar«, erwidert Ben Vansitter.

»Oh, wie schade.«, Louis grinst, und es sind seine letzten Worte. Er stirbt dann von einem Atemzug zum anderen.

Ben Vansitter erhebt sich aus dem Schnee.

Er blickt in die Richtung, in der Pete Slaugther verschwand. Von Slaugther ist nichts mehr zu sehen. Nur die Fährte seines Pferdes ist im Schnee zu erkennen.

Ben Vansitter denkt: Sieben Texaner schnappten meinen Partner Stap und eine Frau. Und sie schnappten unseren Wagen. Aber jetzt sind es nur noch sechs. In einer Höhle sollen sie Unterschlupf gefunden haben. Oha, es muss also eine böse Bande sein, die sich verbergen will. Und zugleich will sie hier an den Schleichwegen immer wieder Beute machen. Oha!

Er geht zu seinem Pferd, sitzt auf und nimmt das andere Pferd an den langen Zügeln mit. Dann folgt er Pete Slaugthers Fährte.

Wenn Slaugther lange genug durchhält, wird er ihn zu jener Höhle führen.

Pete Slaugther ist ein harter Bursche.

Die Kugel riss ihm über einer Rippe das Fleisch weg und brach die Rippe durch den Anprall. Es ist eine schmerzhafte, heftig blutende Wunde. In der ersten

Minute kann er nicht genug Luft bekommen. Deshalb schwankt er im Sattel und wird fast völlig bewusstlos. Doch es geht ihm dann zunehmend besser. Gewiss, er hat ständig böse Schmerzen, denn die von der Kugel gebrochene oder gar zersplitterte Rippe schmerzt höllisch beim Reiten, und die Fleischwunde blutet heftig, aber er bekommt bald wieder Luft. Und so hält er sich nach einiger Zeit wieder im Sattel.

Seine Flucht wird überlegter.

Ja, er ist auf der Flucht.

Und ein Schock sitzt in ihm, der sich erst zu lindern beginnt, als sein Begreifen einsetzt. Dieses Begreifen des Geschehens ist bitter.

Denn bisher hielt er sich für einen unschlagbaren Revolvermann.

Aber dieser Reiter, dem er das Gold abnehmen wollte, war schneller mit dem Colt. Dieser Mann schoss ihn und Louis kampfunfähig.

Das kann Pete Slaughter kaum fassen. Es kommt ihm einige Male wie ein böser Traum vor. Denn in Wirklichkeit scheint es ihm unmöglich zu sein.

Und dennoch ist es die nackte Realität.

Er weiß, dass er zurück muss zu seinen Kumpanen, bevor er verblutet ist.

Sein Verstand ist aber auch schon wieder so weit klar, dass er begreift, zu was das führen muss, nämlich, dass er seinem Verfolger den Weg zum Schlupfwinkel der Texasbanditen zeigt. Wäre er gesund und noch im Besitz seines Colts, so müsste er den Verfolger in eine ganz andere Richtung führen und ihm irgendwo auflauern.

Doch das kann er nicht.

Also nimmt er den geradesten Weg, reitet auf seiner und Louis' Fährte zurück, die noch nicht verweht wurde, prägt diese Fährte noch einmal neu in umgekehrter Richtung, und nun wird sie so deutlich, dass ein Blinder sie mit den Fingerspitzen ertasten könnte.

Manchmal sieht er sich um.

Aber er kann lange Zeit keinen Verfolger erblicken. Er lässt sich jedoch nicht täuschen, denn er kann niemals weit genug zurückblicken in diesem unübersichtlichen Land. Der Verfolger kann schon dicht hinter ihm sein und jeweils nur warten, bis er hinter dem nächsten Hügel verschwunden ist oder in eine Schlucht eintauchte.

Es gäbe viele Stellen, wo er ihn erwarten könnte in einem Hinterhalt. In seinem Sattelschuh steckt ja noch das Gewehr.

Doch er wagt es nicht, sich zu stellen. Die Wunde schmerzt zu heftig. Er verliert immer noch Blut. Manchmal wird ihm schwarz vor Augen.

Der Weg zurück zu den Gefährten und Kumpanen kommt ihm wie ein Weg bis zum Ende der Welt vor.

Doch seine Zähigkeit siegt immer wieder neu. Er war mehr als einmal verwundet und verlor Blut. Es gibt Narben an seinem Körper.

Und so kämpft er weiter seinen einsamen Kampf.

Jim Henderson ist es, der mit Holz von draußen in die Höhle kommt, das gespaltene Holz einfach fallen lässt und warnend ruft: »Pete kommt! Und er schwankt im Sattel!«

Allein schon seine Stimme wirkt wie ein Alarmruf, denn sie klingt scharf und warnend.

Sie nehmen ihre Waffen und treten aus der Höhle – nein, sie gleiten lauernd und wachsam hinaus, blinzeln gegen die tiefe Sonne im Westen, die um diese Zeit in den Canyon fällt.

Pete Slaugther reitet schwankend heran.

Mit letzter Kraft sagt er heiser: »Er hat Louis und mich erwischt, denn er war schneller mit dem Colt als wir beide. Wahrscheinlich folgt er mir. Schnappt ihn!«

Sie begreifen alles sofort.

Und so holen sie ihre Pferde heraus, satteln schnell und machen sich auf den Weg.

Doch Juleman Lee und Jim Henderson bleiben zurück. Dies bestimmte John Cannon mit kurzen Worten. Indes die vier Reiter davonreiten, fällt Pete Slaugther vom Pferd.

Jim Henderson, der hinzuspringt, kann den Fall nur wenig mildern.

»Fasst an – auch du, Stap«, grollt Jim Henderson. Sie tragen Pete Slaugther hinein in die Höhle, betten ihn auf sein Lager und schneiden ihm die blutdurchtränkte Kleidung auf.

Juleman Lee übernimmt nun das Kommando, denn offensichtlich ist er nicht nur ein guter Koch, sondern versteht auch was von Schusswunden. In der Wagenladung befand sich auch ein gut ausgestatteter Medizin- und Verbandskasten. Als Juleman Lee ihn öffnet und den Inhalt geprüft hat, indes die anderen Pete Slaugther das Blut abwuschen und Schnaps in die

Wunde gossen, sagt Juleman Lee zufrieden: »Ha, ich werde Pete zusammennähen. Es ist alles da! Ich werde diese verdammte Wunde zusammennähen wie eine geplatzte Hose!«

Sein Kopf ruckt herum, als Stap Sunday sich in Richtung nach draußen bewegt.

»Halt, Stap Sunday!« So zischt er knirschend.

Stap Sunday hält inne.

Ja, er wollte hinaus. Nun verharrt er, und er kann erkennen, dass Juleman Lee und Jim Henderson bereit sind für alles. Sie verharren lauernd, betrachten ihn fest.

»Geh nur nicht hinaus«, warnt Henderson. »Du rechnest dir jetzt wohl eine Chance aus, von hier wegzukommen. Aber du müsstest uns erst niederkämpfen. Willst du?« Stap Sunday zögert.

Ja, fast ist er versucht, es zu wagen.

Doch er kennt die Revolverschnelligkeit dieser beiden einstigen Gefährten zu gut. Er könnte es zwar mit jedem von ihnen allein aufnehmen, doch nicht mit beiden zusammen. Er würde von dem, auf den er den zweiten Schuss abfeuert, getötet werden. Er käme wahrscheinlich gar nicht zum zweiten Schuss.

Und wenn er tot ist, wäre Nancy allein in den Händen der Bande.

Er entspannt sich und murmelt: »Ich wollte nur hinaus zu Petes Pferd, ihm das Blut abwaschen und es dann hereinholen. Glaubt ihr vielleicht, dass ich abhauen könnte ohne meine Frau?«

Sie denken über seine Worte nach.

Dann wendet sich Juleman Lee an Nancy.

»Wenn du in der Höhle hier bei uns bleibst, Schwester, kann er hinaus. Aber niemals alle beide. Verstanden?«

Sie nickt wortlos, folgt dann Stap Sunday mit ihren Blicken.

Und Stap Sunday geht hinaus.

Dabei wird ihm klar, dass er wirklich nicht abhauen kann ohne Nancy.

Er wird also nicht Pete Slaugthers Pferd für die Flucht benutzen, sondern wirklich nur das tun, was er soeben sagte.

Er verspürt eine bittere Resignation in sich aufsteigen.

Gewiss, sie ließen ihm seinen Colt. Doch jeder von ihnen ist ihm als Kämpfer gleichwertig. Und überdies ist er auch noch für Nancy verantwortlich.

Es ist leicht für sie, ihn dazu zu zwingen, wieder Mitglied ihrer Mannschaft zu sein, die inzwischen eine böse Bande wurde.

Aber das alles gehört zu ihrem Spiel der Rache mit ihm dazu.

Ben Vansitter verhält hinter einem Hügelrücken und blickt darüber hinweg nach unten auf den Canyon-Eingang.

Sein Instinkt sagt ihm, dass der von ihm verfolgte Reiter dort im Canyon am Ziel sein wird.

Und wenn das so ist – und wenn alles stimmt, was er von dem sterbenden Louis hörte, dann werden dort aus dem Canyon-Maul bald einige Reiter herausgesaust kommen, um nach dem Verfolger ihres Kumpans Ausschau zu halten.

Das bedeutet dann aber auch, dass sich dort in diesem Canyon der Schlupfwinkel der Bande befindet. Eine Höhle soll es sein, wie Louis ihm erzählte.

Louis' Namen kennt Vansitter natürlich nicht.

Für ihn war der Mann nur ein sterbendes Halbblut.

Er braucht nicht lange zu warten. Dann sieht er vier Reiter aus dem Canyon kommen. Einen Moment lang ist er versucht, das Gewehr zu nehmen und zu kämpfen.

Aber er weiß, dass sie sich beim ersten Schuss in Deckung werfen würden. Er könnte im besten Fall nur einen erledigen. Es gibt zwischen dem Canyonmaul und dem Hügel reichlich Deckung. Überall liegen große Steine, stehen Felsen, wachsen Tannen, gibt es schneebedeckte Buschgruppen.

Er zieht sein Pferd herum und ergreift die Flucht.

Was soll er als einzelner Mann anders tun?

In ihm ist eine wütende Bitterkeit. Denn er fühlt sich hilflos.

Sein Partner Stap Sunday sitzt zwar in der Klemme und hat auch noch eine Frau bei sich – aber wie das sterbende Halbblut sagte, war Stap Sunday in Texas ein Sattelgefährte dieser Männer. Also werden sie ihm wahrscheinlich nichts tun.

In der Mine aber warten acht Arbeiter auf Verpflegung und Ausrüstung. Er ist für diese Männer verantwortlich. Und wenn sie hungern und frieren, können sie nicht arbeiten.

Er hält den Versuch für aussichtslos, der Bande die

Wagenladung wieder abzunehmen und Stap Sunday aus der Klemme zu helfen. Wenn er dabei getötet würde, hofften acht Männer bei der Mine vergebens auf seine Rückkehr.

Zum nächsten Goldgräber-Camp, das eine wilde Stadt ist, sind es mehr als zwanzig Meilen. Und niemand würde ihnen dort etwas schenken.

Sie würden entweder verhungern oder zu Banditen werden müssen, die sich nehmen, was sie benötigen.

Ja, Ben Vansitter ergreift zähneknirschend die Flucht.

Er muss zur Schiffslandestelle nach Fort Benton und erst seine acht Arbeiter versorgen.

Aber dann ...

Es ist schon Nacht – denn die Tage sind ja kurz – als John Cannon und die drei anderen Reiter zurückgeritten kommen und fluchend vor der Höhle absitzen.

Draußen schneit es wieder, und der Schnee deckt alle Fährten zu. Sie bringen dann die nassen, schneebedeckten Pferde in die Höhle.

Vance McClusky verlangt laut: »Komm her, Stap Sunday! Versorge unsere Pferde! Verdammt, du konntest hier mit deinem Arsch in der warmen Höhle sitzen, während wir wie die Blödmänner herumritten! Aber was fanden wir? Nur Louis' Leiche. Der Hurensohn hat ihn in den Bauch geschossen. Komm her, Sunday! Wenn du hier schon frisst, dann arbeite auch!«

Aber Stap Sunday bewegt sich nicht.

»Ihr fresst hier auf meine Kosten«, erwidert er schlicht. »Und ich bin nicht euer Stallmann!«

Er hat es kaum ausgesprochen mit ruhigem, selbstbewusstem Stolz, da heulen sie alle los, denn sie sind erregt wie ein Rudel Wölfe, denen ein Wild entkam und die ihr Versteck entdeckt glauben.

Der riesige Vance McClusky stürmt gegen ihn an mit schwingenden Fäusten. Stap will den Colt herauszaubern, schafft es auch – doch er schießt nicht damit. Er schlägt damit McClusky in den Nacken, als dieser an ihm vorbeistolpert, weil Stap ihm ausweicht wie ein Torero dem angreifenden Stier.

Doch dann fallen sie von allen Seiten über ihn her.

Nun bricht die wilde Gewalttat aus. Alles, was sich in ihnen an Hass und Groll angestaut hat, wird nun frei. Jemand schlägt Stap mit einer Maultierpeitsche den Colt aus der Hand. Der so vollendet ausgeführte Schlag wird von Saba Worth ausgeführt. Denn Saba Worth ist ein wirklicher Künstler mit solch einer Peitsche.

Sie fallen über ihn her wie ein Rudel Wölfe über einen Puma.

Er kämpft so gut er kann, so hart er es vermag.

Aber er hat keine Chance.

Sie machen ihn klein.

Und erst als Nancy einen Lauf der Schrotflinte über sie hinweg gegen die Höhlenwand feuert, halten sie inne.

Und sie hören sie durch ihr Keuchen sagen: »Ich habe noch einen vollen Lauf! Und bei Gott im Himmel, ich gebe euch das Blei, wenn ihr ihn nicht sofort loslasst! Ihr verdammten Bastarde, wie tief seid ihr schon gesunken, dass ihr alle zusammen über einen

Mann herfallt? Was seid ihr denn für eine stolze Texas-Mannschaft? Geht weg von ihm!«

Im Halbdunkel der Höhle sehen sie nach ihr hin.

Und mehr noch als sie erkennen, spüren sie ihre Entschlossenheit. Einige von ihnen stehen dicht bei dem am Boden liegenden Stap Sunday, den sie zuletzt erbarmungslos traten.

»Nun, sie ist seine Frau«, sagt John Cannon schnaufend. »Sie hat wohl ein Recht darauf, ihm beizustehen. Ich würde das von meiner Frau auch erwarten. Nun gut, wir sind vorerst fertig mit ihm – aber er ist uns immer noch eine Menge schuldig, uns und den Toten, die sterben mussten, weil er unser Camp nicht mehr bewachte. Wir sind noch längst nicht fertig mit ihm!«

Sie treten nun von ihm weg.

Und Stap Sunday beginnt dann wie ein Wurm über den felsigen Boden der Höhle zu kriechen. Er strebt der kleinen, durch Decken abgeteilten Höhlenkammer zu. Nancy begreift, dass er sich nicht nur aus Hilflosigkeit vor Schmerzen verkriechen will, sondern auch vor Scham.

Sie haben ihn wie einen räudigen Hund verprügelt, ihn getreten, wie ein verachtenswertes Lebewesen, das sie hassen. Einen kurzen, wilden und bösen Moment lang will sie doch noch den zweiten Lauf der Schrotflinte auf die Kerle abdrücken.

Doch dann überkommt sie eine tiefe Resignation.

Sie entspannt den Hahn der Schrotflinte wieder und lässt diese fallen.

Dann eilt sie Stap Sunday voraus und zieht die Decken vor ihre kleine Höhlenkammer, kaum dass er dort hineingekrochen ist wie ein verwundetes Tier, krank und elend.

In der Höhle fluchen die Männer.

Eine Stimme sagt: »Die hätte tatsächlich geschossen.«

»Ja, die hat Feuer im Leib«, sagt eine andere Stimme.

Und eine dritte Stimme sagt grimmig: »Sie hat nur einen Fehler gemacht, nur einen! Denn sie hat sich den falschen Mann ausgesucht. Jeder von uns wäre besser für sie! Oder nicht?«

7

Ben Vansitter reitet durch die Nacht. Sein großer, zäher, narbiger Wallach ist ein ganz besonderes Pferd. Das andere Pferd ließ er zurück. Es hätte mit dem Wallach nicht mithalten können.

Aber manchmal sitzt er doch ab und stapft eine Meile durch den Schnee, um das Tier zu entlasten.

Gegen Ende der Nacht rasten sie für zwei Stunden. Aber dann geht es auch schon wieder weiter. Denn Ben Vansitter will an diesem Tag Fort Benton erreichen und Vorräte kaufen. Bevor er sich auf den Weg macht, seinem Partner Stap Sunday und jener Frau aus der Klemme zu helfen, muss er erst die Männer in der Mine versorgen.

Es ist erstaunlich, was Mann und Wallach an diesem Tag noch alles leisten.

Denn der Schneefall hält an. Immer tiefer sinkt der große Wallach ein in die weiße Pracht, die jetzt so hinderlich ist. Meile um Meile legen sie zurück, doch es ist dann schon längst wieder Nacht, als sie die Lichter in der Ferne erblicken. Der Wallach schnaubt.

Dort vor ihnen ist Fort Benton mit der Stadt und den Schiffslandestellen.

Ja, dort ist das Ziel.

Auch Ben Vansitter schnauft erleichtert.

Denn er und sein Wallach sind am Ende ihrer Zähigkeit.

Als sie in den Hof der Handelsagentur bei den Schiffslandestellen reiten und anhalten, da seufzen Mann und Pferd vernehmlich.

Ein Mann taucht von den Ställen her auf, denn die Handelsagentur betreibt auch eine Frachtlinie, muss also viele Tiere unterhalten.

Vansitter gibt dem Mann die Zügel des Wallachs.

»Versorge ihn gut, Shorty«, sagt er.

»Aaah, Sie sind das ...«, erwidert der Stallmann. »Sie sind doch Vansitter, nicht wahr?«

Dieser greift in die Tasche und gibt ihm zwei Dollar.

»Versorge ihn wirklich gut, Shorty«, wiederholt er nochmals.

»Ich liebe die Tiere mehr als die Menschen.« Shorty grinst fast böse im Lichtschein, der aus den Fenstern des Haupthauses fällt. »Und dieser Wallach hat es gewiss verdient. Der ist wohl ein narbiger Kriegsheld, ja?«

»Er hat mal nach einem langen Blizzard gegen zwei Dutzend Wölfe gekämpft«, sagt Vansitter ernst und geht hinein in das Office der Agentur.

Auch der Agent hinter dem Schreibtisch erkennt ihn nach dem zweiten Blick.

»Aha«, sagt er. »Sie sind Vansitter. Sie und Sunday seid doch die beiden Minenbesitzer, die ihre Einkäufe von Kansas City mit dem Schiff heraufkommen lassen, um mich nichts verdienen zu lassen. Was soll's denn sein? Ihr Partner hat vor einigen Tagen eine ganze Wagenladung vom letzten Dampfboot übernommen. Fehlt noch was?«

Ben Vansitter grinst schief. Er kann die sarkastische Bitterkeit des Agenten gut verstehen, und er weiß, dass dieser jetzt versuchen wird, ihm gewissermaßen das

Fell über die Ohren zu ziehen als Revanche für verlorenen oder entgangenen Verdienst.

Und er wird mit dem Agenten kaum handeln können. Die Arbeiter in der Hütte brauchen Proviant, Ausrüstung für den Winter und Werkzeuge, koste es, was es wolle. Er wirft die beiden mit Gold gefüllten Satteltaschen auf den Tisch.

»Jetzt werden Sie ein gutes Geschäft machen, Jenkins«, sagt er. »Doch treiben Sie es nicht zu toll mit mir. Ich weiß, dass ich jetzt Haare verlieren werde, doch es sollte alles seine Grenzen haben. Also: Der Wagen ging verloren. Ich brauche ein Dutzend Packtiere und ...«

Es ist noch nicht Tag, als er aufbricht mit vierzehn Maultieren, die allesamt mit Packlasten beladen sind.

Der Handelsagent und dessen zwei Gehilfen blicken der Kolonne eine Weile schweigend nach, bis das letzte Tier im Morgengrauen verschwunden ist.

Dann sagt Shorty: »Was für ein Bursche! Der zieht allein mit vierzehn Maultieren durch den Schnee. Der muss fast zwei Tonnen Packlast ab- und aufladen nach einem langen Treck, muss die Tiere versorgen und ... Oha, das ist zu viel für einen normalen Mann! Aber er ist sicherlich einer wie sonst keiner unter zehntausend Burschen. Da wette ich. Oder ist jemand anderer Meinung?«

Er fragt es herausfordernd.

Doch die beiden anderen Männer widersprechen nicht.

Sie kehren ins Haus zurück, denn es ist kalt.

Und sie möchten für kein Geld der Welt jetzt an Vansitters Stelle sein. Vansitter aber reitet an der Spitze der Maultierkolonne. Jedes Tier ist an den Schwanz des Vordermannes gebunden. Manchmal schwingt er – seitlich – die lange Maultiertreiberpeitsche. Aber er lässt sie nur knallen, schlägt nicht wirklich damit.

Er weiß, dass die Maultiere klug genug sind, sich nicht mit ihm anzulegen. Die Tiere sind solche Trecks gewöhnt. Sie kennen nichts anderes. Aber man muss sie richtig behandeln, sie sozusagen als Partner anerkennen.

Es sind ausgesuchte und geschulte Tiere. Denn eine Transportlinie kann keine anderen gebrauchen. Und sie waren sündhaft teuer.

Aber Vansitter hatte keine andere Wahl.

Und nun kämpft er sich mit diesen Tieren durch den Schnee. Mit einem Wagen käme er sehr viel mühsamer vorwärts. Und sollte es nochmals schneien, würde er wahrscheinlich mit solch einem schwer beladenen Wagen stecken bleiben.

Maultiere sind die einzige Chance.

Aber vierzehn Maultiere mit Packlasten, dies geht wahrscheinlich auch über die Kräfte eines besonders zähen und harten Mannes.

Kann er das schaffen?

Schon am späten Mittag fällt wieder Schnee. Und der Schneefall hält an. Es ist ein leiser und stetiger Schneefall, ohne Wind oder gar Sturm. Lautlos fällt es vom Himmel und nimmt allen Lebewesen die Sicht, deckt alle Fährten zu, dämpft alle Geräusche im Land.

Ein weniger erfahrener Mann würde sich jetzt gewiss verirren. Denn es sind keine Landmarken zu erkennen. Es scheint keine Sonne, weht kein Wind.

Es ist still, und stetig fällt der Schnee.

Nur die Maultiere keuchen in der Stille, schnauben, schnaufen. Packlasten klappern und scheppern. Einzig Hufschlag ist nicht hörbar, den schluckt der Schnee.

Als es Nacht wird, hält Vansitter in einem Tannenwald an.

Und nun beginnt erst die Hauptarbeit für ihn.

Er muss die Packlasten abladen, die Tiere versorgen. Es ist dann fast schon Mitternacht, als auch er endlich ausruhen kann.

Er denkt an seinen Partner Stap Sunday, an den verlorenen Wagen – und auch an die Frau.

Was mag es für eine Frau sein?

Warum war sie bei Stap Sunday?

Und was ist das für eine Texas-Mannschaft aus Stap Sundays Vergangenheit?

Nun, Ben Vansitter ist sicher, dass er bald Antworten auf all diese Fragen finden und auch seinen Partner Stap Sunday und die Frau zu sehen bekommen wird.

Auf welcher Seite wird Sunday dann stehen?

Endlich schläft Ben Vansitter ein, um Kraft zu sammeln für den nächsten Tag.

Dieser wird damit beginnen, dass er die Tiere wieder beladen muss. Und jede der so verschiedenen Packlasten muss auf eine andere Art festgezurrt werden mit besonderen Schlingen.

Wenn er fertig ist, wird er in Schweiß gebadet sein, aber dann erst beginnt der lange Tag.

Nancy Sheridan tut für Stap Sunday, was sie nur kann, und sie weiß dabei, dass Stap Sunday seine Hilflosigkeit als Schmach empfindet. Sein Stolz wurde zu sehr verletzt. Man hat ihn verprügelt und getreten wie einen räudigen Hund, den man totschlagen wollte, weil eine Kugel zu schade für ihn war. Gewiss, er hat zurückgegeben, was er konnte. Er hat gekämpft, bis er nicht mehr konnte und nur noch ein sich vor Schmerz krümmender Wurm zu sein schien.

Aber er wurde verprügelt. Und allein das zählt.

Er hätte es mit jedem einzelnen Mann der Bande aufnehmen können und gegen einige von ihnen gewiss gewonnen. Aber diese Chance ließen sie ihm nicht. Sie haben ihn klein machen wollen. All ihr böser Hass gegen ihn kam zum Ausbruch. Nancy spürt, was fortwährend in ihm vorgeht bei allen körperlichen Schmerzen. Sie hört ihn in hilflosem Grimm mit den Zähnen knirschen. Und so sagt sie einmal spröde und fast grob:

»Verdammt, Stap Sunday, warum empfindest du es als Schmach? Du hast allein gegen sechs Mann gekämpft, und du hast einige von ihnen verdammt hart getroffen. Du könntest jeden einzelnen der Kerle schlagen, Mann für Mann. Sie waren unfair zu dir. Nur deshalb liegst du jetzt krank danieder. Aber du hast keinen Grund, ein Gefühl der Scham zu bekämpfen.«

Er erwidert nichts.

Sie schweigt ebenfalls, behandelt seine Wunden, all die Risse, Brauschen und blutigen Beulen. Sie hat seinen Oberkörper mit den Streifen einer Decke umwickelt, um die gebrochenen Rippen mit einem Stützkorsett zu schienen.

Aber sie spürt, dass sie tief in seinem Kern die Verwundungen nicht lindern kann. Sie macht sich Sorgen.

Denn sie glaubt, dass er im Kampf den Tod suchen könnte, weil er mit der Schmach nicht leben kann. Sie vergleicht ihn in ihren Gedanken mit einem gedemütigten Ritter oder Samurai, der seine Ehre nur durch einen Sieg oder den Untergang wieder herstellen kann.

Ja, sie hat schon eine Menge über den Stolz von Texanern gehört. Diese Texaner sind seit jener Schlacht von Alamo eine besondere Sorte.

Damals, im Jahr 1836, kämpften einhundertfünfundachtzig Texaner in der alten Mission Alamo gegen siebentausend Soldaten des mexikanischen Diktators Santa Anna. Denn es ging um den Freiheitskampf für Texas. Sie töteten eintausendsiebenhundert von Santa Annas Soldaten und ließen dabei ihr eigenes Leben.

Aber ihre Aufopferung und ihr Durchhaltewillen waren nicht vergebens. Denn inzwischen hatte der Texas-General Houston eine Freiwilligenarmee aufstellen können, mit der er den Diktator Santa Anna am Jacintio schlug und gefangen nahm. Dadurch wurde Texas eine freie Republik, und als solche – nicht als Territorium – trat Texas der Union bei.

Dies alles erzeugte in jedem Texaner einen besonderen Stolz, und den hat jeder Nachkomme jener Kämpfer von Alamo in seinem Blut. Man mag es für richtig oder falsch halten, gut oder dumm – es ist nun mal so.

Und weil Nancy das weiß, begreift sie auch Stap Sunday besser.

Aber sie kann ihm nicht helfen.

Es wird irgendwann auf ihn selbst ankommen, ob er sich zu einem stolzen Narren machen will oder über die Niederlage hinwegkommen wird.

Zwei Tage vergehen ohne besondere Zwischenfälle. Doch die Banditen werden in der großen Höhle zunehmend unruhig. Sie gleichen eingesperrten Wölfen, die nicht mehr jagen und umherstreifen können.

Es herrscht eine nervöse, unruhige Stimmung in der Höhle. Und beim Kartenspiel beginnen sie böse, bittere und sarkastische Bemerkungen gegeneinander zu machen, die jeden Moment in Streit ausarten können.

Am dritten Tag fällt Schnee, und so können sie immer noch nicht hinaus.

Nancy hält sich fast ständig hinter den Decken in der kleinen Höhlenkammer bei Stap Sunday verborgen. Sie holt jedoch stets Essen und Kaffee, wäscht auch Wäsche für sich und Stap. Es geht ihm immer noch schlecht. Er hat Fieber.

Die Blicke der Männer folgen ihr stets, und sie spürt, dass in diesen Männern nun mehr und mehr ein Begehren stärker wird. Es herrscht bei Nancys Anblick jäh eine knisternde Spannung.

Immer wieder lauscht sie hinter dem Deckenvorhang auf die Unterhaltungen der Texaner. Dabei bekommt sie mit, dass sie mehrmals beraten, ob sie in der Höhle bleiben oder sich einen anderen Unterschlupf besorgen sollen.

Denn jener Reiter, der Louis tötete und Pete Slaugther so böse anschoss, entkam ihnen im dichten Schneefall.

Sie konnten seiner Fährte bald nicht mehr folgen und gaben auf.

Immer dann, wenn sie beraten, entscheidet sich die Mehrheit für das Verbleiben in der Höhle. Dabei benutzen sie das Argument, dass der Reiter die Höhle ja nicht gesehen habe, ja über ihr Vorhandensein gar nichts wissen könne. Und überdies fürchten sie sich auch vor einer mehrfachen Übermacht nicht, sollte wirklich ein Aufgebot kommen.

Dazu kam noch das Argument, dass man nur Pete Slaugther und nicht ihnen einen versuchten Überfall vorwerfen konnte. Und Pete Slaugther konnten sie verstecken. Sie bleiben also in der Höhle.

Am fünften Tag dann hört der Schneefall auf.

Tauwetter setzt ein. Der Tag wird unwahrscheinlich warm bei Sonnenschein. Überall taut es, rinnt das Wasser. Und der Schnee, der zuletzt überall mehr als kniehoch lag, sackt in sich zusammen und ist bald nur noch ein kaum mehr als knöchelhoher Morast.

In der zweiten Nacht aber friert es.

Dieser Frost schafft eine totale Veränderung.

Denn auf dem hart gefrorenem Schnee, der so hart wie das Straßenpflaster in den großen Städten im Osten ist, sind alle Wege und Pfade wieder passierbar.

John Cannon entschließt sich am nächsten Tag nach kurzer Prüfung: »Heute reiten wir und warten auf die Goldreiter. Solche werden kommen. Das kann gar nicht anders sein, nachdem viele Tage und Nächte alles abgeschnitten war und es keine Verbindungen gab in beide Richtungen. Von den Schiffslandestellen müssen Lohngelder kommen. Und vom Goldland muss

Gold weggeschafft werden. Ohne Gold gibt es keine Lohngelder und all die tausend anderen Sachen. Wir reiten!«

»Aber diesmal will ich mit«, sagt Jim Henderson.

»Das kannst du.« John Cannon grinst. »Sunday ist noch krank. Und Pete Slaugther geht es schon besser. Es genügt, wenn er bei Juleman Lee bleibt. Ja, du kannst auch mit, Jim.«

Und so reiten sie bald aus dem Canyon – fünf nach Beute hungrige Texaner, die zu Banditen wurden.

Sie reiten bis zu jener Stelle, von der aus sie den Platz sehen können, wo Halbblut-Louis starb, und sie machen es sich dort bequem, wo vor einigen Tagen Pete und Louis lauerten und es wenig später mit Vansitter zu tun bekamen. Vansitter aber ist längst schon mit den vierzehn Maultieren vorbeigezogen und kann ihnen gar nicht mehr in die Hände fallen und seinen Packtierzug an sie verlieren wie zuvor sein Partner Stap Sunday den Wagen.

Um diese Zeit, da sie hinausreiten aus ihrer Höhle zu einem Raub- oder Beuteritt, erreicht Ben Vansitter mit dem Packtierzug die Mine.

Als er anhält und seine Arbeiter herbeigelaufen kommen, da nickt er ihnen zu und sagt heiser: »Ladet ab und kümmert euch um die Tiere.«

Und als er es gesagt hat, fällt er vom Pferd.

Sie fangen ihn auf, mildern seinen Fall. Und sie tragen ihn in die Mine, wo sie ihre Unterkünfte haben.

Jemand sagt: »Heiliger Rauch, der hat sich durch die

Hölle gekämpft. Ein einziger Mann, vierzehn Packtiere und eine Menge Schnee – heiliger Rauch!«

Die anderen nicken und brummen.

Ja, sie wissen, was Vansitter vollbracht hat, um sie nicht länger hungern und frieren zu lassen, nachdem der Wagen verloren ging mit der wertvollen Ladung.

8

Als Nancy Sheridan am Feuer Kaffee aus dem Kessel schöpft und sich mit vollen Bechern abwenden will, da sagt der am Tisch sitzende Juleman Lee zu ihr: »Komm her und setz dich zu mir.«

Sie hält inne und betrachtet ihn.

Der Tisch besteht aus dem Wagenboden. Aus der Wagendeichsel wurden Tischbeine gesägt. Juleman Lee hat eine Patience ausgelegt. Und vielleicht hat er sich bei dieser Patience zuvor eine Frage gestellt, und die Patience ist aufgegangen.

»Warum sollte ich das?« So fragt sie kühl zurück und wirft einen Blick durch die Höhle, wo die Lagerstätten der Männer sind.

Auf einem dieser Gestelle liegt Pete Slaugther, doch er scheint wieder einmal zu schlafen.

»Der schläft.« Juleman Lee grinst. »Der hat zu viel vom Whiskey getrunken, den er als Medizin betrachtet. Wenn der noch lange Schmerzen hat, wird er zum Saufbold. Aber kommen wir zu uns, Honey ...«

»Nennen Sie mich nicht Honey«, unterbricht sie ihn scharf. »Für Sie bin ich Mrs. Sunday. Oder wollen Sie jetzt gegenüber einer ehrenwerten Frau alle Hemmungen fallen lassen, da die anderen nicht hier sind?«

Juleman Lee ist ein bulliger, braunhaariger und gelbäugiger Bursche, der sich auf viele Dinge versteht. Er kann nicht nur gut kochen und alle Schusswunden oder Knochenbrüche wie ein richtiger Doc behandeln – nein, er ist auch ein ausgezeichneter Schmied, Zimmermann, Rindermann und Pferdezüchter. Er ist ein Bursche, der sich auf vielen Gebieten behaupten und unentbehrlich machen kann.

Nur bei Frauen hatte er bisher nicht viel Glück. Frauen musste er sich stets kaufen in den Tingeltangels und Bordells.

Da kennt er sich aus.

Und so grinst er nun breit.

Dann sagt er Wort für Wort: »Honey, ich will's dir erklären. Du hast deine Rolle gut gespielt. Aber ich habe bald schon etwas gewittert. Mein Instinkt ist da sehr fein. Als du einmal fort warst, um vom Creek Wasser zu holen für eure Wäsche, da schlief Sunday fest in eurer Höhlenkammer. Ich konnte dein Gepäck durchsuchen. Und da fand ich einige Flitterkleider und allerlei Zubehör. Nur Honeygirls oder Bankhalterinnen in den Spielhallen aus den Tingeltangels tragen solches Zeug, damit die Blicke der Spieler mehr ihnen als dem Roulette oder den Karten gelten. Honey, ich weiß, woher du kommst. Hat Sunday dich aus einem Tingeltangel geholt? Aus einer Spielhalle? Kamst du mit dem Dampfboot, um im Goldland dein Glück zu versuchen? Nun, dann solltest du den Partner wechseln. Wenn die anderen Kerle erst herausfinden, zu welcher Sorte du wirklich gehörst, dann kann Sunday dich nicht beschützen. Aber ich kann es. Na, bist du klug genug, deinen Partner zu wechseln? Oder möchtest du bald uns allen gehören?«

Es ist eine brutale Frage. Und sie weiß, dass sie nun keine Schonung mehr erwarten kann.

Bisher respektierten diese Texaner sie noch mit einem allerletzten Rest von Anständigkeit gegenüber den Frauen.

Doch wenn sie erst wissen, dass sie aus den Saloons, Tingeltangels und Spielhöllen kommt, dass sie eine Abenteuerin ist, eine Glücksjägerin, eine Spielerin – nun, dann besitzt sie jenes Tabu nicht mehr.

Dann werden die Männer sie für eine käufliche Elster halten, bei der nur der Preis hoch genug sein muss.

Oh, hätte sie doch die Flitterkleider weggeworfen, verbrannt, vernichtet!

Jetzt ist es zu spät.

Juleman Lee erhebt sich. Als er sich gegen sie wendet, herantritt und sie zu fassen versucht, da schüttet sie ihm beide Becher voll heißem Kaffee ins grinsende Gesicht.

Und dann greift sie das Messer vom Tisch, indes er aufbrüllt und die Hände vor das Gesicht hält, weil es heiß darauf brennt.

Sie tritt schnell vorwärts und jagt ihm das Messer in die Magenpartie.

Stöhnend fällt er auf die Knie, umfasst den Messergriff mit seinen Händen und zieht das Messer mit einem wilden Ruck heraus.

»Dich bringe ich um«, keucht er und will wieder auf die Füße kommen.

Aber er schafft es nicht mehr.

Sie wich zurück. Nun zittert und vibriert sie am ganzen Körper. Nein sie ist nicht eiskalt, ganz und gar nicht. Was sie soeben tat, war ein einziger Reflex aus jäher Panik, Angst, Furcht.

Sie wollte nicht Freiwild werden für diese Bande. Mit diesem Juleman Lee hätte es begonnen, und vielleicht wäre dann um sie gewürfelt, gelost oder gespielt worden. Sie machte sich in dieser einzigen, wilden und schwarzen Sekunde keine Illusionen. Und so gehorchte sie ihrem Selbsterhaltungsreflex.

Zitternd sieht sie zu, wie Juleman Lee stöhnend stirbt und sie mit seinem letzten Atem verflucht. Dann wendet sie den Kopf und blickt in der halbdunklen Höhle dorthin, wo sich die Lagerstätten der Männer befinden und wo der verwundete Pete Slaugther seinen Rausch ausschläft. Offenbar wurde er nicht wach. Denn er regt sich nicht. Sie hört ihn nun durch die Geräusche der Pferde im gegenüberliegenden Teil der Höhle deutlich schnarchen. Sie beginnt plötzlich wieder nüchtern zu denken, wird sich ihrer Situation bewusst. Wenn sie Juleman Lees Colt nimmt, dann kann sie auch Pete Slaugther töten.

Danach wäre es möglich, mit Stap Sunday die Flucht zu ergreifen.

Für einen Moment erscheint ihr das sehr einfach, so einfach, dass sie staunen muss.

Aber das alles ist nur einen Moment lang so.

Dann sieht alles schon wieder anders aus. Aber sie holt sich dennoch Juleman Lees Colt. Sie muss den schweren Mann dazu auf die Seite wälzen, um die Waffe aus dem Holster ziehen zu können. Es widerstrebt ihr, den Toten anzufassen. Doch sie überwindet die Hemmschwelle und hat den schweren Colt in ihren Händen.

Langsam geht sie in den anderen Teil der Höhle hinüber. Je näher sie den Lagerstätten kommt, umso lauter hört sie Pete Slaugthers Schnarchen.

Dann steht sie am Fußende seines Lagers und richtet den Colt mit beiden Händen auf ihn. Ihr rechter Daumen legt den Hammer zurück – und nun muss sie nur noch den Hahn durchziehen.

Aber das schafft sie nicht.

Soeben noch konnte sie aus Furcht und Panik Juleman Lee töten – aber bei Pete Slaugther ist das nicht möglich. Denn sie täte es jetzt bewusst und mit Überlegung, es wäre Mord.

Und das kann sie nicht.

Sie begreift es seufzend. Nein, sie kann den schlafenden Mann nicht töten. Es geht nicht.

Und so lässt sie den schweren Colt wieder sinken, entspannt den Hahn.

Zitternd und vibrierend verharrt sie. Was soll sie tun?

Auf jeden Fall müssen sie und Stap Sunday die Flucht ergreifen!

Als sie daran denkt, da begreift sie von einem Atemzug zum anderen, dass dies nicht möglich sein wird. Mit ihrer Hilfe könnte er sicherlich auf ein Pferd kommen. Doch er würde sich keine Stunde im Sattel halten können. Sie könnte ihn festbinden. Doch das wäre vielleicht sein Tod. Ein Mann mit einer gebrochenen oder angebrochenen Rippe kann nicht reiten.

Draußen sind Eis und Schnee. Die Pferde machen deshalb gewiss immer wieder ruckartige Bewegungen, rutschen vielleicht gar, fallen.

Eine einzige gebrochene Rippe könnte von innen nach außen dringen und dabei wie ein Dolch wirken.

Sie verlässt den immer noch schnarchenden Pete Slaugther und geht in die kleine, durch vorgehängte Decken abgeteilte Höhlenkammer.

Stap Sunday ist zwar wach, denn sie sieht, dass er die Augen offen hat. Aber sein Fieber ist so stark, dass er eigentlich gar nicht bei Bewusstsein ist, obwohl er die Augen offen hat.

Als sie sich über ihn beugt und die Hand auf seine Stirn legt, da spürt sie sein Fieber. Sie nimmt einen nassen Lappen, taucht ihn in die Wasserschüssel, und wäscht ihm das schweißnasse Gesicht.

Nun sieht er sie bewusst an.

Sein Gesicht verzerrt sich.

Nachdem sie ihn etwas trinken ließ, sagt er heiser: »Ich mache dir verdammt viel Mühe, nicht wahr?«

Sie begreift, dass er gar nicht mitbekommen hat, was draußen geschah.

Sein Fieber deutet auf schwere innere Verletzungen hin, die noch nicht geheilt sind. Und das ist kein Wunder. Die Kerle haben ihn zuletzt mit Tritten traktiert, die ihn getötet haben würden, hätte sie sich nicht der Schrotflinte bemächtigt und geschossen.

Sie wünscht sich, dass sie nicht nur in die Luft geschossen hätte. Nun begreift sie, dass sie keine Chance hat, mit Stap von hier wegzukommen.

Indes sie ihm mit Worten erwidert: »Du machst mir überhaupt keine Mühe«, will eine tiefe und bittere Resignation von ihr Besitz ergreifen.

Aber sie darf es Stap Sunday nicht merken lassen.

Sie verlässt ihn für einen Moment, um vom Feuer, wo über einem eisernen Dreibein der Suppenkessel hängt, eine Tasse voll Fleischsuppe zu holen. Als sie dann Stap zu füttern beginnt, da freut sie sich, als er tatsächlich einige Löffel Suppe nimmt.

Doch dann schließt er wieder die Augen.

Sie betrachtet ihn. Und sie fragt sich, ob sie ihn liebt oder warum sonst sie nicht allein die Flucht ergreifen will.

Ja, das ist eine ernste Frage. Sie könnte sich ein Pferd satteln, genügend Ausrüstung zusammenpacken und die Flucht ergreifen. Es wäre ihr jetzt möglich.

Langsam verlässt sie die kleine Höhlenkammer, verharrt dann in der großen Höhle. Ihr Blick richtet sich auf die Pferde im Stallbereich der Höhle.

Ja, es wäre so leicht, ein Pferd zu satteln.

Aber kann sie Stap Sunday verlassen?

Sie staunt und erschrickt dabei über sich.

Bisher hat sie in all den vergangenen Jahren auf ihren rauen Wegen nur auf sich selbst geachtet, war nie anderer Menschen Hüterin. Achte auf dich selbst und sei voller Misstrauen gegen die ganze Welt, dies war ihre Devise, nachdem sie all die bitteren Erfahrungen machen musste. Doch jetzt wurde in ihr etwas anders.

Was ist es?

Liebe? Oder nur Mitleid und Verantwortungsgefühl?

»Verdammt«, murmelt sie, »wenn ich bleibe, kann ich hier die Hölle bekommen. Bin ich denn so verrückt, dies alles auf mich zu nehmen?«

Plötzlich rinnen ihr die Tränen über die Wangen.

Darüber erschrickt sie.

Denn sie kannte schon lange keine Tränen mehr.

Also muss es wohl Liebe sein.
Und sie denkt: Verdammt, das muss sich in mich eingeschlichen haben auf ganz hinterlistige Art. Verdammt, verdammt, ich bin gefangen! Und vielleicht bin ich sogar eine dämliche Kuh.

Am zweiten Tag machen John Cannon und die anderen vier Texaner fette Beute. Dabei sieht es anfangs gar nicht danach aus. Was sie da nämlich kommen sehen von Westen her, dies sieht nach einem Trapper und dessen indianischer Frau aus, die zwei Packtiere bei sich haben.

Solche so genannte »Squawmänner« gibt es in diesem Land, das wissen sie. Und sie können auch verstehen, dass sich die Trapper und Pelzjäger für die langen Winternächte gerne etwas mit ins Bett nehmen, etwas, was wärmt und Freude bereitet.

Indes sie von ihrem Beobachtungspunkt das sich nähernde Paar beobachten, überlegen sie, machen Witze, und Vance McClusky sagt: »Wenn die Squaw jung und hübsch ist, werde ich diesen Lederstrumpf fragen, ob er sie mir ablässt. Denn er wird sie doch wohl auch nur gekauft haben irgendwo für Pferde, Waffen, Decken und wer weiß was. Ich möchte sie mir wirklich mal ansehen und ...«

»Da stimmt was nicht«, unterbricht ihn John Cannon. »Wir reiten hinunter und sehen uns das Paar genauer an. He, warum reitet ein Trapper im Winter mit einer Squaw durchs Land, wenn er doch irgendwo seine Hütte hat und seine Fallen kontrollieren müsste in seinem Jagdgebiet? Und hier ist gewiss nicht sein Jagdgebiet, auch nicht im Westen, wo zehntausend Goldgräber überall nach Gold suchen. Dort gibt es kein Wild mehr. Sehen wir uns das Pärchen mal an!«

Sie holen ihre Pferde unter den Tannen hervor, ziehen die Sattelgurte stramm, sitzen auf und reiten hinunter.

Zuerst sieht es so aus, als wollte das Pärchen die Flucht ergreifen. Denn sie halten kurz an und spähen zu den fünf Reitern her.

Aber dann setzen sie den Weg fort.

Im rechten Winkel stoßen dann die beiden Reitergruppen aufeinander. Der Trapper hat einen gewaltigen Vollbart und schräge Augen darüber, so als wäre er ein Halbblut wie Louis, der nun tot ist.

Die Squaw ist nicht jung und hübsch, sondern hager und etwas faltig. Fast wirkt sie wie ein als Frau verkleideter Mann.

»How«, macht der vollbärtige Trapper, »ich sehe euch. Habt ihr euch verirrt? Wollt ihr mich nach dem Weg nach Last Chance City fragen?«

Er hat sein Gewehr quer über den Knien liegen, den Hahn gespannt und den Finger am Abzug. Die Mündung ist wie zufällig auf John Cannon gerichtet.

Auch die Squaw hat eine Waffe. Es ist eine abgesägte Schrotflinte. Die Squaw sitzt wie ein Mann im Sattel und hat den kurzen Doppellauf der Waffe auf dem Sattelhorn liegen, halb verborgen jedoch von dem weiten, ponchoartigem Mantel.

»Richtig, mein Freund.« John Cannon grinst. »Wir wollen wirklich nach Last Chance City. Ist es noch weit?«

»Vierzig Meilen«, erwidert der Trapper.

»Müssen wir da eurer Fährte folgen? Kommt ihr von dort?«

John Cannon fragt es freundlich, scheinbar ohne Hintergedanken.

Der Trapper leckt sich unter dem Bart die Lippen. Er muss einen sehr breiten Mund haben, fast von einem Ohr zum anderen.

»Nein«, erwidert er schließlich, »wir kommen nicht aus Last Chance City. Was sollten wir wohl in einer wilden Goldgräber- und Minen-Campstadt? Wir sind unterwegs zum Winterdorf von Lilys Verwandten. Das ist Lily.«

Er deutet mit einer Kopfbewegung auf die lederhäutige Squaw.

»Ein schöner Name«, sagt John Cannon.

Dann zieht er sein Pferd herum, so als wollte er auf der Fährte des Trapperpärchens nach Westen reiten.

Aber er zieht dabei den Colt und schießt unter dem Arm hindurch über das Sattelhorn hinweg auf den Trapper. Er trifft ihn voll, und obwohl der Trapper noch sein Gewehr abdrückt, indes ihn die Kugel vom Pferd stößt, hat der Mann kein Glück mehr. Er trifft nicht.

Die Squaw will die abgesägte Schrotflinte auf John Cannon richten, doch sie schafft es nicht mehr. Sie bekommt Kugeln von Jim Henderson und Saba Worth.

Und dann ist es vorbei.

Die Texaner sind nun endgültig zu gemeinen Mördern geworden, zu erbarmungslosen Goldwölfen, die keine Gnade kennen. Vielleicht liegt es daran, dass sie schon zu lange auf der Flucht sind vor dem Gesetz, dass sie monatelang gehetzt werden von US Marshals und der Armee und dass sie einige Male nur mit knapper Not entkamen.

Sie sind nun auf der letzten Stufe ihres Abstiegs angelangt.

Es gibt dann noch eine kleine Überraschung. Die vermeintliche Squaw erweist sich als Mann. Sie erkennen es, als sie die Toten durchsuchen.

Und das Gepäck des Trapperpärchens besteht nicht aus Fellen und Fallen und Lagergerät, sondern aus Lager- oder Camp-Gerät und Gold, das gut verborgen ist in Decken und mit Mais gefüllten Futtersäcken.

Sie finden viele Beutel mit Gold. Manche wiegen nur etwa hundert Gramm, andere aber ein Kilo und mehr.

Und auf jeden dieser Lederbeutel sind Namen und Adressen mit Tintenstift vermerkt.

Es ist also ganz klar, dass das Trapperpärchen dieses Gold zur Schiffslandestelle bringen und an verschiedenste Empfänger absenden sollte. Dabei handelte es sich gewiss um Familien und Angehörige der Goldgräber, die ihre Ausbeute den Trappern anvertrauten.

Die fünf texanischen Banditen haben also einen großen Coup gelandet. Sie fluchen zufrieden, grinsen sich anerkennend an, schlagen sich auf die Schultern und boxen sich gegenseitig vor die Rippen.

Ja, sie triumphieren. Um die beiden Toten kümmern

sie nicht. Was sie früher auch in ihrem Kern an guten Eigenschaften besessen haben mögen, es ist nichts davon mehr vorhanden.

Aber das zeigte sich wohl auch schon, als sie alle auf Stap Sunday losgingen und ihn zum Krüppel schlagen und treten wollten.

Diesen so tief heruntergekommenen und abgesunkenen Texanern fehlt derart viel, dass sie nicht mehr imstande sind, sich dieses Mangels bewusst zu werden.

»Wir müssen die beiden Toten verschwinden lassen«, sagt John Cannon schließlich. »Die Pferde nehmen wir mit. Und dann reiten wir heim in unsere feine Höhle und feiern ein Fest.«

»Vielleicht aber sollten wir noch einen Tag warten«, meldet der sonst so schweigsame George Wannagan. »Es könnte doch sein, dass noch mehr Gold- oder Geldtransporte kommen. Warum sollen wir nicht bis morgen warten? Wir haben noch Proviant und ...«

»Stimmen wir ab!« Jim Henderson ruft es knapp.

Sie tun es sofort.

Und da zeigt es sich, dass Jim Henderson, Saba Worth, Vance McClusky und George Wannagan fürs Bleiben sind und John Cannon lieber heimreiten würde. Cannon ist also überstimmt.

Aber er grinst nur und sagt: »Na gut, vielleicht machen wir noch einen guten Fang. Doch werdet mir nicht zu gierig. Wir haben einen ganzen Winter lang Zeit für die Goldjagd.«

»Aber wir möchten uns keinen Krümel entgehen lassen.« Vance McClusky lacht.

John Cannon betrachtet seine Kumpane ernst, und

dabei wird er sich darüber klar, dass sie vom Goldfieber erfasst wurden. Er erkennt es in ihren Augen, sieht es in ihren stoppelbärtigen Gesichtern – und noch mehr kann er es wittern, spüren. »Werdet nur nicht goldverrückt«, warnt er. »Überlegt doch mal! Wir machten schon oft große Beute. Zuerst verschenkten wir sie an die armen Leute, deren Besitz sonst zur Versteigerung gekommen wäre wegen ihrer Steuerschulden. Dann verprassten wir unsere Beute, so als würde es uns niemals an etwas mangeln. Als wir dann zunehmend gejagt und gehetzt wurden, konnten wir bald keine große Beute mehr machen. Wir mussten an unser Entkommen denken und unsere Fährte verwischen. Hier haben wir noch einmal eine Chance. Aber ihr dürft nicht goldverrückt werden, nicht gierig und deshalb unüberlegt. Wir müssen ganz kalt und sachlich bleiben. Denn erst, wenn wir genug haben, werden wir teilen und uns für immer trennen. Also, bleibt kühl! Bekämpft das Goldfieber.«

Seine Worte bringen sie in die Wirklichkeit zurück.

Nun glitzert es auch nicht mehr in ihren Augen.

George Wannagan sagt schließlich: »Aber wir sollten wirklich noch nicht heimreiten, sondern noch bis zum nächsten Tag auf der Lauer liegen. Die Wege waren lange nicht passierbar. Jetzt müssen doch immer wieder Reiter mit Gold oder Geld in beide Richtungen kommen. Oder?«

Sie nicken.

Und nachdem sie die Toten weggeschafft und alle Spuren gelöscht haben, ziehen sie sich wieder zu ihrem Beobachtungspunkt zurück.

Es wird Abend.

Und dann kommt die Nacht. Es ist eine helle Mondnacht mit all den leuchtenden Sternen, die jeden Betrachter ahnen lassen, wie groß das Weltall sein muss, nämlich gewiss sehr viel größer als jede Vorstellungskraft es sich auszudenken vermag.

Die Nacht wird so hell, dass die Sicht gut ist, fast so gut wie bei Tag. Gegen Mitternacht kommen vom Osten her, also vom Missouri, drei Reiter mit einem Packpferd. Es ist kalt.

»Nun«, sagt John Cannon, »wir haben zwei gute Sharpsgewehre bei uns. Jetzt zeigt mal, ob ihr schießen könnt.«

Seine Worte gelten Saba Worth und George Wannagan, denn die beiden haben Sharps-Büffelgewehre im Sattelholster ihrer Pferde.

Bald schon tönt das wummernde Krachen dieser Gewehre durch die Nacht.

Mit Sharpsgewehren kann man auf dreihundert Yards noch einen Büffelbullen fällen. Man muss nur richtig treffen.

Die drei Reiter mit dem Packtier dort unten im flachen Hügelcanyon haben keine Chance. Einer der Reiter versucht zu entkommen. Es ist jener, dem die beiden ersten Schüsse nicht galten.

Da Sharpsgewehre nur einschüssig sind, müssen die beiden heimtückischen Heckenschützen nachladen.

Doch dann treffen sie den Flüchtling fast zur gleichen Zeit. Einige Atemzüge lang ist es still. Auch das Echo der Schüsse verklang.

Es ist, als dächten die fünf Texaner jetzt jeder für sich

noch einmal nach und als würde jedem bewusst, was soeben geschah.

Vor einigen Stunden, als sie das Trapperpärchen töteten, geschah dies noch offen und fast sogar im Zweikampf. Denn die beiden als Trapper verkleideten Goldboten waren bereit für alles und hielten ihre Waffen schussbereit.

Diese Sache war noch fast wie ein Kampf ums Gold.

Doch jetzt töteten sie aus dem Hinterhalt.

Und es ist niemand da, der sie nun fragt, wo denn ihr Stolz geblieben ist.

Nein, es ist keiner da.

Sie reiten dann hinunter und finden bald in der Packlast des Packtieres zwei Segeltuchbeutel mit Geld. In einem der Beutel sind Dollarstücke, im andern Papiergeld in kleinen Noten. Es sind gewiss Lohngelder, die im Gegenzug für geliefertes Gold ins Goldland sollen.

»Jetzt reiten wir heim«, sagt John Cannon. Und diesmal widerspricht keiner.

Es ist, als hätten sie alle genug von ihrem hinterhältigen Tun.

9

Als sie in die Höhle kommen, hockt Pete Slaugther am Tisch. Er wirkt übernächtigt und hat seinen Colt griffbereit vor sich liegen. Neben ihm steht eine noch halb volle Flasche mit Brandy. Er hat bisher gewürfelt und sich stets einen Drink eingeschenkt, wenn er gegen sich selbst gewinnen konnte.

Von Nancy Sheridan ist nichts zu sehen, denn sie befindet sich hinter den ausgespannten Decken in der kleinen Höhlenkammer bei Stap Sunday.

Pete Slaugther sagt heiser und misstönig, so als wäre er überspannt und nervös: »He, ihr werdet es nicht glauben, aber sie hat Juleman umgebracht! Sie hat unseren Juleman abgestochen wie ein Schwein. Habt ihr verstanden, Juleman ist tot. Wer wird nun wenigstens halb so gut für uns kochen wie er?«

Sie stehen da mit ihren Pferden hinter sich und staunen.

Die Tiere sind mit Eis behangen. Auch den Männern hängt der Atem gefroren in den Bärten oder Bartstoppeln.

»Waaas?« So fragt John Cannon ungläubig.

Aber da tritt Nancy Sheridan hinter dem Vorhang hervor.

»Er war eine Schande für jeden Texaner«, spricht sie spröde. »Er wollte sich etwas mit Gewalt nehmen, was ich ihm nicht geben konnte. Er glaubte wohl, ich wäre ein Flittchen ...«

Sie beginnen zu fluchen, reden durcheinander.

Sie steht da und wartet.

Und als es dann still wird, fragt sie hart: »Oder sollte ich mich ohne Gegenwehr von ihm vergewaltigen lassen? Ich nahm das Messer, das auf dem Tisch lag. Und ich würde es auch bei jedem anderen Manne tun, der mir Gewalt antun will.«

Gerade, mit erhobenem Kinn, so steht sie vor ihnen.

Und noch einmal erinnern sie sich daran, dass sie einmal stolze Texaner waren.

Vielleicht wollen sie auch deshalb fair und nobel sein, weil sie zu hinterhältigen Mördern wurden. Vielleicht schämen sie sich in ihrem Kern wegen ihres Tuns.

Und so ist wohl der Wunsch in ihnen, fair zu sein.

Saba Worth sagt in die entstehende Stille: »Nun, sie hatte wohl das Recht, sich zu wehren, wenn Juleman solch ein verdammter Hurenbock war. Was mag nur in ihn gefahren sein. He, Pete, hast du es gesehen?«

»Nein«, erwidert Pete Slaugther, »ich schlief. Ich wachte erst auf, als sie ihn mit den Beinen voraus und mit Hilfe eines Pferdes aus der Höhle schleifte. Die hat Nerven wie eine Comanchensquaw. Und ich getraute mich nicht mehr, auch nur noch ein Auge zu schließen. Verdammt, macht doch, was ihr wollt! Ich will jetzt endlich schlafen.«

Er erhebt sich stöhnend hinter dem Tisch und schlurft schief zu seiner Lagerstatt im Hintergrund der Höhle. Die fünf Männer starren immer noch auf Nancy Sheridan.

Aber dann sagt John Cannon mit einem kehligen Knurren in der Stimme: »Nun wird sie an Julemans

Stelle für uns kochen müssen. Haben Sie das verstanden, Nancy Sunday? Oha, ich möchte wirklich wissen, ob ihr zwei tatsächlich verheiratet seid! Sie werden kochen an Julemans Stelle.«

»Sicher«, erwidert sie spröde. »Ich würde nicht den Fraß essen wollen, den einer von euch zu kochen imstande wäre.«

Sie fluchen leise. Ja, sie sind böse, irgendwie geschockt. Denn sie hat einen von ihnen getötet. Aber sie ist eine Frau, der Juleman Lee Gewalt antun wollte. Daran zweifeln sie nicht. Dennoch fragen sie sich, warum Juleman Lee das tun wollte. Hat sie ihn ermutigt? Oder lag es allein daran, dass Juleman Lee sich mit ihr allein glaubte, weil Pete Slaugther schlief?

Sie verharren noch einige Atemzüge lang bewegungslos mit ihren eisbehangenen Pferden.

Dann endlich bewegen sie sich.

Denn sie sind hungrig, müde – und sie sind neugierig auf die Beute. Sie wollen ihre Beute zählen, zumindest sichten und teilen.

Das erscheint ihnen jetzt vordringlich.

»Verdammt, dann machen Sie sich an die Arbeit, Schwester«, grollt Jim Henderson. »Denn wenn wir unsere Pferde versorgt haben, wollen wir essen. Also los!«

Sie bringen ihre Pferde in den Stallteil der großen Höhle und machen sich dort eine Weile zu schaffen.

Nancy aber macht Pfannkuchenteig und schneidet Rauchfleisch und mageren Speck in Scheiben, setzt die große Pfanne in die Feuerglut. Auch frischen Kaffee kocht sie. Und sie bringt das Essen auf den langen

Tisch, als die Männer von den Pferden herüberkommen mit ihrem Gepäck, dieses zu den Lagerstätten schaffen und von diesen an den Tisch kommen.

Sie hocken sich hin und beginnen zu schlingen.

Zuerst glaubt sie, dass es nur allein der Hunger ist, der die Männer so hastig die Mahlzeit verschlingen lässt. Doch bald schon erkennt sie den Grund ihrer Ungeduld und Eile.

Denn sie wischen Teller und Blechtassen zur Seite, kaum, dass sie ihren Hunger einigermaßen gestillt haben. Sie machen Platz auf dem Tisch, und sie kann das Geschirr gar nicht so schnell abräumen.

Dann leeren sie die beiden Säcke aus.

Die Dollars klirren melodisch. Und das Papiergeld flattert auseinander, weil einige Packen aufgegangen sind, da die Banderolen rissen.

Sie bringen auch die andere Beute auf den Tisch, all die vielen kleinen und größeren Lederbeutel voller Goldstaub oder Nuggets.

Und dann hocken sie da und starren auf den Beuteberg auf dem Tisch, dessen Platte ja der einstige Boden des verlorenen Wagens ist.

Saba Worth sagt fast ehrfürchtig und feierlich: »Wir werden reich! Verdammt, wir haben in diesem Land die richtige Quelle gefunden, aus der nur Labsal sprudelt. Wenn wir bis zum Frühjahr so weitermachen können, dann ...«

Er verstummt, denn ihm wird bewusst, dass er sich all die Möglichkeiten, die ein reicher Mann besitzt, gar nicht so schnell ausmalen kann.

Auch die anderen Männer grinsen.

John Cannon wendet den Kopf, blickt über die Schulter auf Nancy.

»Wie geht es Stap Sunday?« Er fragt es spröde und hart. Und er setzt die Frage hinzu: »Kann er aufstehen und herkommen?«

»Nein«, erwidert sie. »Der ist noch zu krank. Und vielleicht wird er wegen der innerlichen Verletzungen sein ganzes Leben lang ein kranker Mann bleiben. Warum sollte er zu euch an den Tisch kommen?«

Da grinsen sie alle.

Vance McClusky aber deutet auf die Beute vor ihnen auf den Tisch und sagt: »Damit er sehen kann, was für ein Narr er war, als er sich von uns trennte, uns einfach im Stich ließ. Wäre er noch einer von uns, dann bekäme er hiervon seinen Anteil, dieser Narr.«

Sie erwidert nichts, aber sie begreift wieder einmal mehr, wie sehr das Denken und Fühlen dieser Texaner alle allgemein gültigen Bahnen verlassen hat, wie sehr sich diese Männer veränderten und wie wenig sie sich dessen jetzt bewusst sind.

Die Beute da auf dem Tisch blendet sie, verändert alles in ihnen.

Sie wendet sich ab und verschwindet hinter den Decken, die die kleine Höhlenkammer von der großen Haupthöhle abtrennen.

Als sie neben Stap Sundays Lagerstatt niederkniet, öffnet Stap die Augen. Und zum ersten Mal seit Tagen ist kein Fieberglanz in ihnen.

»Ich habe alles gehört«, flüstert er heiser. »Sie sind verloren. Es tut mir leid, Nancy, dass du wegen mir ...«

»Sei still«, unterbricht sie ihn. »Was kannst du dafür,

dass es ein Schicksal gibt, dem man nicht entkommen kann? Doch man muss versuchen, sich zu behaupten. Und das werden wir. Du musst nur gesund werden.«

»Warum bist du nicht allein abgehauen?« Er fragt es heiser und bitter. »Du hattest doch eine gute Chance. Warum ...«

»Weil ich bei dir bleiben wollte«, unterbricht sie ihn. »Und das verpflichtet dich dazu, bald gesund zu werden. Denn sie werden wieder ausreiten, um Beute zu machen. Ihre Goldgier treibt sie dazu. Wenn du dich krank und hilflos stellst, lassen sie gewiss nur einen Mann zurück. Den können wir dann überwältigen. Denn ich habe Juleman Lees Colt. Bis jetzt haben sie noch nicht danach gefragt. Vielleicht vergessen sie es auch weiterhin. Wir kommen hier heraus. Du musst nur gesund werden.«

Sie streicht ihm die stoppelbärtige Wange.

Dann verlässt sie ihn wieder.

Denn sie muss das Geschirr abwaschen. Und sie will auch hören, was die Männer zueinander sagen, welche Pläne sie haben und ob sie über das reden, was geschehen ist.

Denn sie müssen Überfälle verübt und getötet haben. Wie sonst hätten sie an die Beute kommen können?

Ben Vansitter schläft fast zwölf Stunden im Schlafverschlag in der Mine, und als er erwacht und den Kopf wendet, da sieht er, dass die Lagerstatt seines Partners Stap Sunday immer noch leer ist.

Er erinnert sich an alles und begreift von einer

Sekunde zur anderen, dass es kein böser Traum war. Der Wagen ging verloren. Jener sterbende Halbblutmann sagte offensichtlich die Wahrheit. Stap Sunday, der Wagen und eine Frau sind entführt worden.

Und er, Ben Vansitter, schaffte von Fort Benton her mit vierzehn Maultieren nochmals alles für teures Geld herbei, was notwendig ist für ein Überwintern in der Mine.

Nun aber, nachdem das alles erledigt ist, wird er sich auf den Weg machen müssen, um dem Freund und Partner aus der Klemme zu helfen.

Er liegt noch einige Minuten still da und überlegt, wie er es anpacken soll. Er macht sich Sorgen, denn es kann inzwischen eine Menge geschehen sein. Über eins ist er sich völlig klar: Die Bande besteht aus gefährlichen Burschen.

Er erinnert sich noch gut an jenen Mann, der ihm entkam, obwohl er schlimm angeschossen war. Es war ein Revolvermann.

Aber er erinnert sich auch an jenen Halbblutmann, der dieser Bande offenbar als Scout diente. Jetzt haben diese Texasbanditen keinen erfahrenen Scout mehr, der sich in diesem Land auskennt. Dies macht die Bande gewiss schwächer. Man wird sie leichter auskundschaften und beschleichen können.

Ben Vansitter erhebt sich, um erst mal seinen Hunger zu stillen, sein Magen knurrt vernehmlich.

Der Koch seiner Minenmannschaft bereitet ihm bald schon ein Essen, indes er sich wäscht und rasiert, sich sauberes Zeug anzieht. Denn er sank ja vor zwölf Stunden bewusstlos vom Pferd. Seine Männer zogen ihm die Stiefel, die Hosen und die Felljacke aus.

Vansitter überlegt, ob er von Last Chance City Hilfe holen soll.

Er weiß, dass im Goldland dann und wann Vigilanten reiten, die in den Nächten da und dort Golddiebe und Banditen hängen. Diese Vigilantenkomitees bildeten sich, weil es sonst keinen Schutz gibt vor den Goldwölfen und Banditen.

Nun räumt man auf unter den Bösen und Sündigen.

Doch gewiss müssen dabei auch Unschuldige dran glauben.

Das ist immer so, wenn die Zornigen Selbstjustiz üben und als Rächer das Böse ausmerzen wollen.

Er könnte gewiss von den Vigilanten Hilfe bekommen.

Aber er verwirft den Gedanken.

Er muss und will es auf andere Weise versuchen.

Als er eine Stunde später aufbricht, ist er wie ein Trapper gekleidet. Und auf seinem Packtier hat er eine Fallenstellerausrüstung bei sich.

Er reitet in der mond- und sternklaren Nacht, und er weiß genau, wo er sich auf die Lauer legen muss. Er kennt den Ort noch genau, wo er mit den beiden Banditen kämpfte, von denen einer starb und der andere in jenen Canyon entkam.

Jener Bandit, der angeschossen entkam, wird vielleicht schon wieder reiten können.

Auf ihn wird Ben Vansitter ganz besonders lauern.

Doch wenn er ihn erwischen kann, wird niemand von der Bande ihn erkennen können als den Mann, mit dem sie schon einmal zu tun hatten, als den Mann, der den Scout tötete und den anderen Burschen erschoss.

Noch vor Anbruch des Tages erreicht Ben Vansitter jenes Gebiet, wo er sich auf die Lauer zu legen gedenkt. Er weiß, dass hier die Schleichpfade der Goldreiter und Geldboten sind. Einige dieser Männer kennt er persönlich, denn es sind ja zumeist Angehörige der Bergläufer- und Hirschjägerbrigade, zu der er ja ebenfalls gehört, weil er in diesem Land geboren wurde.

10

Schon nach zwei Ruhetagen treibt die Goldgier die Bande wieder in die Sättel, zumal das Wetter günstig ist zum Reiten und Jagen.

Aber diesmal will auch Pete Slaugther mit. Er sagt es mit den Worten:

»He, ich reite mit! Ein anderer soll hier in der Höhle bleiben. Ich will raus hier. Sonst werde ich verrückt. Also reite ich mit! Mir geht es jetzt gut genug! Und vielleicht kommt jener Hurensohn noch einmal dahergeritten, von dem ich die Kugel verpasst bekam.«

Sie murren unwillig, denn sie alle wollen reiten.

Doch dann losen sie aus, wer bleiben muss. Jim Henderson zieht die niedrigste Karte. Er flucht bitter, und er wird wütend, als Pete Slaugther zu ihm sagt: »Aber lass dich von der Schönen nicht umbringen wie Juleman Lee. Pass auf dich auf, wenn du dich an sie heranmachen solltest, hahaha!«

»Leck mich doch ...«, erwidert Jim Henderson böse. Aber dann schweigt er und blickt schräg zur Seite auf Nancy, die auf dem Tisch Biskuitteig knetet.

Es ist, als spürte sie seinen Blick, denn sie hebt plötzlich den Kopf und erwidert ihn hart und fest.

Aber die anderen Männer achten nicht darauf.

Bald schon reiten sie davon.

Den Weg kennen sie schon. Ja, sie wollen sich wieder dorthin begeben, wo sie schon einmal lauerten und einen so guten Ausblick auf die Schleichpfade der Gold- und Geldreiter hatten.

Halbblut-Louis hat sie damals zu einem wirklich guten Platz geführt, den sie allein als Greenhorns in diesem Land gewiss nicht gefunden hätten.

Sie erreichen den Platz in der Nacht. Und wieder schlagen sie im Tannenwald ihr Camp auf, lassen jeweils nur einen Wächter auf dem Hügelkamm. Auch diese Nacht ist hell und klar. Man hat weite Sicht. Nur kalt ist es. Ja, es ist fast schon klirrender Frost.

Aber sie können im Tannenwald ein Feuer in Gang halten. Sie schlagen auch Tannenzweige ab und errichten Schutzwände, von denen die Wärme des Feuers abstrahlt.

Die Wächter auf dem Hügelkamm, keinen halben Steinwurf weit von ihnen entfernt, lösen sich alle Stunden ab und nehmen auch immer wieder einen Schluck Brandy aus der Flasche.

In den Vorräten jenes Wagens, den sie erbeuteten, befanden sich zwei Kisten mit Brandy- oder Whiskeyflaschen.

Es ist in der dritten Morgenstunde, als Pete Slaugther von George Wannagan geweckt wird mit den Worten: »Komm hoch, Pete. Jetzt bist du an der Reihe. Und ich sage dir gleich, dass ein feiner Wind durch den Canyon pfeift, sodass dir die Ohren abfrieren, wenn du kein Tuch darüber bindest. Hau ab!«

Pete Slaugther erhebt sich fluchend aus seinen Decken dicht beim Feuer. Die anderen schnarchen, und er ist neidisch auf sie. Auch George Wannagan wird bald schnarchen, nur er, Pete Slaugther, muss Wache halten.

Er wünscht sich jetzt, in der relativ warmen Höhle geblieben zu sein.

Fluchend macht er sich auf den Weg nach oben. Sie haben im Schnee dorthin schon einen Pfad getrampelt. Oben sind einige büffelgroße Felsen, daneben Büsche und ein einzelner Baum, eine verkrüppelte Tanne.

Pete Slaugther hockt sich hinter einen Felsen, der den Wind fast völlig abhält, aber sein durchdringendes Pfeifen ist so stark, dass andere Geräusche kaum zu hören sind.

Dennoch spürt Pete Slaugther plötzlich, dass er nicht mehr allein ist.

Er wendet den Kopf und glaubt, dass ihm einer seiner Partner und Kumpane nachgekommen ist, und will schon eine verwunderte Frage stellen.

Doch dann spürt er einen schwachen Stich in der Rückengegend. Er weiß sofort, dass es sich um eine Messer- oder Dolchspitze handeln muss, die durch seine Kleidung hindurch seine Haut berührt, diese sogar leicht verletzt hat.

Und eine Stimme sagt durch den um den Felsen pfeifenden Wind in sein Ohr: »Sei schlau und brüll nicht!«

Es ist mehr Warnung als Befehl.

Pete Slaugther schluckt würgend.

»He, wer bist du?« So fragt er heiser, doch nicht zu laut.

Der Mann hinter ihm lacht leise.

»Vor etwa acht Tagen habe ich dir schon mal eine Kugel verpasst. Du scheinst eine gute Heilhaut zu haben, dass du schon wieder auf den Beinen bist.«

»He – wie konntest du mich erkennen in der Nacht?« So fragt Pete Slaugther überrascht und ungläubig.

»Ach«, sagt der Mann hinter ihm, »ich sah euch noch bei Tage reiten. Und ich erkannte dich wieder. Ich merkte mir die Form deines Hutes. Du trägst als einziger von euch auch einen Fellmantel, keine Felljacke. Es war dumm von dir, wieder herzukommen, dumm für dich, aber gut für mich.«

Pete Slaugther flucht nun nur noch in Gedanken. Er zerbricht sich in diesen Sekunden den Kopf, wie er aus dieser Klemme herauskommen kann.

Irgendwie ahnt er die Motive dieses Mannes hinter sich. Er spürt, dass er nicht gekommen ist, um mit ihm zu plaudern, sondern um ihn zu erledigen. Denn er, Pete Slaugther, ist ja der einzige Mann der Bande, der den Fremden wiedererkennen würde.

Das ist genau der Punkt, auf den es ankommt: das Wiedererkennen.

Und so entschließt Pete Slaugther sich, alles zu versuchen, ja selbst dabei einen Messerstich hinzunehmen.

Er wirft sich plötzlich herum und hofft, dass die Messerspitze, die er deutlich im Rücken auf der Haut spürt, abgleiten wird, weil er sich unter ihr dreht und dabei das Messer im Fellmantel hängen bleibt.

Das gelingt ihm auch. Durch seine rasche Drehung reißt er gewissermaßen das Messer in dem dicken Mantel zur Seite.

Aber in der nächsten Sekunde stirbt er.

Denn er kämpft mit einem Manne, der bei Indianern groß geworden ist und schon als Knabe mit den Indianerknaben von erfahrenen Kriegern im Messerkampf unterrichtet wurde.

Damals als Knaben kämpften sie zwar mit stumpfen

Holzmessern, aber sie lernten all die Bewegungen, auf die es ankommt.

Nun fährt die scharfe Messerklinge unter Slaugthers Kinn entlang.

So lernen es die Krieger der Sioux, besonders die der Hunkpapa, die ja als Halsaufschneider bekannt sind.

Pete Slaugther kann nicht einmal mehr röcheln.

Er kann die Bande nicht wecken, nicht warnen. Die Texaner können sich nicht auf den fremden Besucher stürzen, um ihn zu töten.

Und dennoch werden sie ihn bald kennenlernen.

Sie finden Pete Slaugther im Morgengrauen, als jemand, der ihn ablösen sollte, sich fragte, warum Pete ihn nicht weckte.

Sie rufen von ihrem Camp aus zu ihm hoch, denn sie sehen ihn oben hinter dem Felsen im Schnee liegen.

Saba Worth sagt grimmig: »Der ist eingepennt, weil er zu viel Schnaps trank. Wir werden zum Christfest keinen Tropfen mehr haben, verdammt!«

Saba Worth setzt sich in Bewegung. Und als er oben ist, hören sie seinen wilden Fluch.

»Er ist tot, mausetot! Dem hat man den Hals abgeschnitten! Das kann nur eine verdammte Rothaut gewesen sein! Ich sehe Mokassinspuren im Schnee. Das war eine Rothaut!«

Sie laufen hinauf und sehen sich Pete Slaugther an. Sie sehen auch die Mokassinspuren im Schnee. Der Mann, der Pete Slaugther tötete, hat ihn auch völlig ausgeraubt, so wie es ein Indianer getan hätte.

Doch John Cannon murmelt zweifelnd: »Warum hat Pete dann noch seinen Skalp, wenn es ein roter Hurensohn war? He, warum nahm der Bursche nicht Petes Skalp? Es ist doch ein prächtiger, roter Skalp, ein Schmuckstück für jede Sammlung. Verdammt, vielleicht war es doch kein Roter.«

Sie sehen sich an.

Dann murmelt Vance McClusky: »Ich habe aber mal gehört, dass die Sioux und Cheyenne stolze Reitervölker sind, denen der Skalp eines Feindes nur etwas wert ist, wenn er zuvor gut kämpfte. Aber Pete konnte nicht kämpfen. Sein Skalp war aus diesem Grunde für seinen Killer sicherlich wertlos. Richtig?«

Sie nicken zweifelnd.

»Das mag sein«, knurrt John Cannon. »Aber jetzt machen wir Jagd auf diesen roten Bastard. Los, in die Sättel!«

Sie beeilen sich und brechen das Camp ab.

Die Fährte ist zuerst leicht zu verfolgen.

Der Killer ihres Kumpans ist offenbar zu Fuß, denn die Fährte führt zu keinem wartenden Pferd. Aber dann führt die Fährte aus dem Canyon hinauf zu den oberen Rändern. Man kann den steilen Hang nur zu Fuß hinauf. Sie halten inne, und sie begreifen, dass sie keine Chance mehr haben.

John Cannon sagt es mit den Worten: »Wenn der sein Pferd dort oben hatte und wir ihm zu Fuß folgen, dann haben wir oben keine Pferde, er aber hat eins. So einfach ist wohl hier das Einmaleins, verdammt, so einfach!«

Sie fluchen, knirschen mit den Zähnen und nicken widerwillig.

Aber es ist wirklich sehr einfach zu begreifen.

Der Killer hatte Zeit genug, zu Fuß zu gehen und oben auf dem östlichen Plateau des Canyons zu seinem Pferd zu gelangen. Sie aber müssten ihm oben zu Fuß folgen.

Vance McClusky sagt: »Das muss ein einzelner Indianer gewesen sein, der es auf Petes Waffen abgesehen hatte, auf den gefüllten Patronengürtel, das Messer und den Tabakbeutel. Oder seht ihr das anders?«

Sie schütteln die Köpfe. »Nein, wir sehen das auch nicht anders«, erwidert George Wannagan.

Dann sehen sie sich an. Inzwischen kam die kalte Sonne hoch. Deshalb können sie sich gut betrachten.

Unruhe ist in ihren Blicken.

Denn sie begreifen eines unabhängig voneinander: In diesem Land sind sie Greenhorns. Hier ist alles anders als in Texas.

In Texas kennen sie sich aus. Schon allein der Winter ist hier anders. Und das Land ist ihnen fremd.

»Uns fehlt ein Bursche wie Louis«, spricht John Cannon. »Wir sind hier so gut wie halbblind und halb taub. Verdammt, dass wir Louis nicht mehr haben …«

Er zieht sein Pferd herum und reitet auf ihrer Fährte zurück. Sie folgen ihm, und sie sind nur noch vier Mann. Der fünfte Mann ist Jim Henderson in der Höhle. Einst waren sie sieben, mit Louis sogar acht.

Sie haben mächtig Haare gelassen.

Das wird ihnen jetzt bewusst, indes sie zurückreiten.

Und als sie am frühen Mittag dann die Stelle erreichen, wo sie in den Canyon hintergeritten sind, um der Mokassinspur durch den harten Schnee zu folgen, erblicken sie einen Reiter mit einem Packpferd.

Sie halten an und sehen dem Reiter entgegen.

Der Reiter kommt von Westen her durch den Canyon.

»Vielleicht ist das wieder ein Goldreiter mit Gold auf dem Packpferd.« So spricht Saba Worth hoffnungsvoll.

»Das werden wir sehen«, erwidert John Cannon. »Auf jeden Fall ist es ein Trapper oder Bergläufer, einer von Louis' Sorte. Reden wir mit ihm.«

Sie warten, indes der als Trapper verkleidete Ben Vansitter näher und näher kommt. Als Vansitter dann mit den beiden Pferden vor ihnen anhält, betrachten sie sich gegenseitig.

Dann deutet Vansitter auf die Mokassinfährte hinunter und sagt: »Ich suche einen Indianer. Ihr reitet mit euren Gäulen auf seiner Fährte und löscht diese. Warum tut ihr das?«

Sie grinsen grimmig, so richtig bitter und böse.

»Weil er uns entkommen ist«, sagt John Cannon. »Er hat einem von uns den Hals aufgeschnitten, ihn ausgeraubt und ist entkommen. Weiter östlich ist er den Steilhang hinauf. Gewiss hatte er dort oben sein Pferd. Er ist entkommen. Oder siehst du das anders, Lederstrumpf? Warum bist du hinter ihm her?«

»Das sind zwei verschiedene Fragen.« Ben Vansitter grinst. »Aber ich will sie euch gerne beantworten. Es handelt sich um Regenbogentöter, so heißt der Bursche. Als ich unterwegs war, um meine Fallen zu kontrollieren, drang er in meine Hütte ein und stahl meine bisherige Fellausbeute. Das war gut hundert Meilen von hier im Norden. Es sind für mehr als tausend Dollar Edelpelze. Er wird sie in Fort Benton an einen Händler verkaufen wollen, denn er tarnt sich gut als zahmer Indianer. Er sieht auch fast so aus wie ein Halbblut und spricht englisch und französisch. Ich hoffe, ihn schon vorher einzuholen. Auch er hat ein Packtier bei sich. Aber dann hat er wahrscheinlich euer Camp gewittert. Hattet ihr ein großes Feuer in der Nacht? Wenn ja, könnt ihr von Glück sagen, dass er euch nicht die Pferde stahl, denn er ist ein großer Pferdestehler. Was hat er euch denn gestohlen?«

Die Frage klingt nicht besonders interessiert.

Aber John Cannon grollt: »Er hat einem von uns den Hals aufgeschnitten.«

Ben Vansitter nickt. »Ja das macht er gern«, sagt er. »Das ist ein ganz böser Bursche. Doch wenn es euch tröstet, dann sage ich euch, dass ich ihn spätestens bei Fort Benton erwische. Ich werde ihm schöne Grüße von euch bestellen. Gut so?«

Er will wieder anreiten und sein Packtier mitziehen.

Doch John Cannon sagt hart: »Halt, Lederstrumpf!«

Ben Vansitter lässt die Zügel mit der Hand auf das Sattelhorn sinken.

»Nanu?« So fragt er. »Seid ihr vielleicht Banditen? Oha, dann sage ich euch, dass es bei mir nichts zu holen gibt.«

»Das werden wir sehen«, grollt John Cannon. »Vielleicht gibt es doch was zu holen. Denn es könnte sein, dass du einer der Goldreiter bist und dich nur getarnt hast als Trapper. Wir werden nachsehen.«

Einige Sekunden lang weht nun ein böser Atem, der Atem von Gefahr und drohender Rücksichtslosigkeit, die schnell in Gewalt ausbrechen könnte.

Ben Vansitter lacht schließlich heiser. »Ihr seid also doch Banditen, Goldwölfe. Deshalb haltet ihr euch sicherlich hier in diesem Gebiet auf, hier am Rand der geheimen Schleichpfade, auf denen die Gold- und Geldreiter kommen in den Nächten, um den Banditen zu entgehen. Doch ihr seid hier nur am Rand dieses Gebietes. Weiter im Süden wäre es noch besser für reiche Beute. Na gut, untersucht alles, was ich bei mir habe. He, ihr seid wohl nicht von hier?«

»Nein«, knurrt John Cannon. Er und Saba Worth halten den vermeintlichen Trapper mit ihren Colts in Schach, indes Vance McClusky und George Wannagan das Gepäck auf dem Packtier durchsuchen und dann auch an das Tier des Trappers herantreten. Sie fassen in die Satteltaschen und die Sattelrolle hinein.

Aber sie finden keine Goldsäckchen.

»Er ist sauber und rein«, sagt Saba Worth schließlich. »Er hat nur all den Kram eines Trappers in seinem Gepäck.«

Ben Vansitter lacht leise. »Habe ich euch doch gesagt. Kann ich jetzt reiten? Und vergesst nicht meinen guten Rat. Die belebteren Schleichwege der Gold- und Geldreiter sind weiter südlich. Ihr müsst euch vorstellen, dass im Goldland schon mehr als zehntausend Menschen nach Gold suchen, vielleicht sind es auch schon zwanzigtausend. Es gibt einige größere Camp-Städte, in denen die Saloons und Tingeltangels nicht weniger rentabel sind als Goldminen. Und all das Gold muss weggebracht werden. Denn man braucht Vorräte, Werkzeuge, Materialien, angefangen vom Hufnagel bis zur Dampfmaschine. Das alles muss bezahlt werden, sonst kommt nichts mehr. Die Minenarbeiter und Handwerker, die Spieler, Tingeltangelgirls und all die anderen Menschen brauchen Geld. Also muss auch viel Gold umgetauscht und in Bargeld verwandelt werden. Es gehen fast jeden Tag geheime Gold- und Geldtransporte in beide Richtungen. Nur mit den Postkutschen wird nichts mehr transportiert. Die werden nämlich ständig überfallen. Keine Versicherung deckt den Schaden. Ihr seht also ein, dass ihr reiche Beute machen könnt, wenn ihr weiter im Süden lauert. Kennt ihr euch einigermaßen aus im Land?«

»Nein«, grollt John Cannon, dessen Stimmung nicht mieser und böser sein könnte. Denn er begreift mehr und mehr, wie »blind« und »taub« sie ohne erfahrenen Scout in diesem ihnen unbekannten Land sind.

Halbblut Louis fehlt ihnen sehr. Er beschließt, dem Trapper ein Angebot zu machen.

Und so sagt er: »He, Lederstrumpf, wir ersetzen dir die verlorenen Pelze. Lass diesen Regenbogentöter sausen. Auch wir müssen das ja tun, obwohl wir ihm wegen unserem Partner gerne die Haut abgezogen hätten. Aber andere Dinge sind wichtiger. Wir sind hier in einem fremden Revier. Bleib bei uns als Scout. Du bekommst deinen Anteil wie jeder von uns. Mit einem Scout, der dieses Land kennt, kann uns nichts passieren – oder?«

Ben Vansitter scheint nachzudenken. Er betrachtet die Männer der Reihe nach. Und was er von Anfang an schon spüren und erkennen konnte, verstärkt sich jetzt noch, je länger er in der Nähe dieser Reiter weilt und all das mit seinem Instinkt spüren kann, was sie immerzu ausströmen.

Diese vier Texaner mögen Greenhorns im Land sein, gewissermaßen Wölfe aus dem Süden in einem fremden Revier im Norden – aber sie sind dennoch gefährlich. Denn sie sind Revolvermänner. Jeder von ihnen kann mit seinem Colt eine Hölle aufbrechen lassen, es allein mit einer Mannschaft Durchschnittsburschen aufnehmen.

Wahrscheinlich fühlen sie sich auch unsicher hier, und das macht sie noch misstrauischer, wachsamer und sicherlich auch rücksichtsloser.

Er kann es nicht mit allen zugleich aufnehmen.

Und selbst mit dem Colt Mann gegen Mann wäre er gewiss keinem von ihnen gewachsen. Er ist kein Revolvermann, obwohl natürlich auch er gut mit einem Revolver umgehen kann, was treffsicheres Schießen betrifft.

Doch jene zauberhafte Revolverschnelligkeit fehlt ihm.

Also muss er nach anderen Möglichkeiten suchen, mit der Bande fertig zu werden.

Nachdem er glaubt, lange genug sein Nachdenken vorgetäuscht zu haben, sagt er: »Nun, wir können es ja mal miteinander versuchen. Gebt mir zuerst mal die tausend Dollar als Ersatz für die verlorenen Pelze. Wollen wir dann schon nach Süden? Oder habt ihr euer Camp in der Nähe?«

Noch einmal spürt er den Atem ihres Misstrauens

gegen sich anprallen wie einen scharfen Atem. Er weiß, dass sie ihm längst noch nicht trauen und ihn fortwährend belauern werden. Er wird für sie stets ein Fremdkörper innerhalb ihrer Mannschaft sein. Doch sie brauchen ihn. Denn sie glauben, dass er dieses unübersichtliche Land ebenso gut kennt wie jener Halbblutmann, den er tötete und der ihm Auskunft gab über den verlorenen Wagen, über den verschwundenen Stap Sunday und eine fremde Frau.

John Cannon entschließt sich: »Wir reiten erst mal zurück in unser Versteck. Wir sind schon lange genug in dieser Kälte. Wenn wir uns einen Tag und eine Nacht aufgewärmt haben, werden wir uns für einige Tage und Nächte ausrüsten und uns von dir weiter nach Süden führen lassen. Reiten wir.«

Sie nehmen ihn und das Packpferd in die Mitte.

Er weiß nicht, ob er über seinen Erfolg froh sein soll. Gewiss, er konnte sich als Trapper verkleidet in die Bande einschleichen und somit die Nachfolge jenes Halbblutmannes antreten, der ihr Scout war.

Doch was wird er alles noch mitmachen müssen, bis er sie Mann für Mann erledigen kann?

Wie wird er Stap Sunday antreffen?

Gehört Stap jetzt zu ihnen, weil es seine alten Freunde und Partner sind? Oder ist er mit der Frau ein Gefangener?

Es ist noch zu viel unklar.

11

Sie sind also nur noch zu dritt in der großen Höhle, und schon in der ersten Stunde nach dem Abritt der vier Texaner spürt Nancy, dass Jim Henderson sich in Gedanken und gewiss auch mit seinen Gefühlen mit ihr beschäftigt.

Sie spürt seine ständig sie belauernden Blicke, und mit dem feinen Instinkt einer erfahrenen Frau fühlt sie, dass der Mann irgendwann in den nächsten Stunden zu einem Entschluss kommen wird.

Vielleicht fühlt Jim Henderson sich herausgefordert, weil sie Juleman Lee tötete, und will sich und ihr beweisen, dass sie so etwas mit ihm nicht machen kann. Vielleicht will er sie haben, um das klarzustellen.

Sie weiß, dass es Männer gibt, die sich durch solche Dinge herausgefordert fühlen und durch Handeln ihre Zweifel besiegen müssen.

Deshalb ist sie in Gefahr.

Aber sie lässt sich nichts anmerken. Sie arbeitet wie immer, wäscht das Geschirr ab, backt Biskuits, dann auch Brot, wäscht für Stap und sich Wäsche und kümmert sich auch um Stap. Sie erneuert seinen korsettartigen Stützverband, der die Rippen schient.

Stap Sunday geht es an diesem Tag deutlich besser. Er hat kein Fieber mehr, und er isst zum ersten Mal mit Hunger, ein Zeichen dafür, dass seine innerlichen Verletzungen auf dem besten Weg zur Besserung sind. Sie sprechen nicht viel. Stap Sunday fühlt sich wahrscheinlich immer noch wie ein nutzloser Krüppel, und die Scham sitzt noch tief in ihm, so verprügelt worden zu sein.

Jim Henderson, der die Pferde im Stallteil der Höhle versorgte, schiebt die vorgehängten Decke zurück und betritt die kleine Höhlenkammer.

»Ein feines Liebesnest wäre das«, sagt er grinsend, »wenn der Bock nicht so krank sein würde, nicht wahr?«

Stap Sunday sitzt auf seinem Lager, weil Nancy noch das Ende des Wickelverbandes befestigen muss.

Stap und Nancy blicken zu Jim Henderson auf, der am Fußende des Lagers verhält und die Daumen im Waffengürtel eingehakt hat, auf den Sohlen seiner Stiefel wippt, ganz und gar ein unverschämt grinsender Bursche mit einem gierigen Glitzern in den Augen.

»Raus hier«, sagt Nancy, »raus hier, Mister Henderson!«

Er lacht kehlig. Sein Blick ist auf Stap gerichtet.

»Vielleicht sollte ich dich jetzt endgültig allemachen, Stap«, spricht er dann. »Verdient hättest du es, denn du hast uns verraten. Wegen dir starben einige unserer Freunde, die auch mal deine Freunde und Sattelgefährten waren. Ja, du hättest es verdient, dass einer von uns dich endlich allemacht.«

»Dann tu es doch«, erwidert Stap Sunday heiser. »Ich habe dich zwar mal aus einem Fluss gezogen, in dem du ertrunken wärst, weil du nicht schwimmen kannst und überdies auch noch verwundet warst – doch davon solltest du dich nicht beeinflussen lassen. Mach mich also alle. Und danach kannst du mächtig stolz sein. Du bist so richtig ein edler Texaner.«

Aber Jim Henderson lacht.

Er ist ein hagerer, großer Bursche, weißblond und blauäugig. Ein rötlich schimmernder Sichelbart hängt ihm über die Mundwinkel.

Sein Blick richtet sich auf Nancy.

»Was ist dir sein Leben wert?« So fragt er geradezu brutal, und sie weiß, was er von ihr erwartet. Sie erkennt es in seinen Augen.

»Mir wirst du kein Messer in den Leib rammen, so wie Juleman«, fügt er hinzu.

Sie erhebt sich langsam und sieht ihn fest an.

»Nein«, sagt sie, »aber vielleicht vergifte ich euch alle. In der Wagenladung war auch Rattengift. Vielleicht tue ich es euch irgendwann in den Kaffee oder in die Suppe. Raus hier, Mister Henderson!«

Einen Moment lang sieht es so aus, als wollte er wild werden und sich auf sie stürzen, doch dann beginnt er schallend zu lachen. Und immer noch lachend geht er wieder hinaus.

Aber Nancy weiß, dass er sich keinen bösen Scherz erlaubte, sondern alles völliger Ernst war. Er wollte sie beide erschrecken. Sie sollte um Staps Leben betteln, sich ihm hingeben.

Als er verschwunden ist, knirscht Stap mit den Zähnen.

Und dann verlangt er: »Nancy, du sagtest, dass du Juleman Lees Colt irgendwo versteckt hättest. Hole mir die Waffe, los, hole sie mir.«

Sie blickt zweifelnd auf ihn nieder, und sie weiß, dass es ihm nun zwar besser geht und seine Gesundung begonnen hat, er aber gewiss noch nicht mit einem so gefährlichen Burschen wie Jim Henderson kämpfen kann.

Aber in seinen Augen erkennt sie das heiße Fordern.

Er kann die Scham, wie ein verprügelter Hund hilflos zu sein, nicht länger ertragen. Sie muss ihm irgendwie Hoffnung machen.

Und so sagt sie: »Die Waffe befindet sich in einen Lappen eingewickelt im ersten Mehlfass. Ich werde sie herausholen und zu dir bringen, sobald ich das kann. Aber jetzt wird Jim Henderson mich gewiss beobachten. Ich werde bald einen Kuchen zu backen versuchen. Dann ...«

Es vergehen einige Stunden, und fortwährend bewegt Jim Henderson sich durch die große Höhle, angetrieben von einer inneren Unrast. Einige Male trinkt er aus einer Flasche, und immer wieder verhält er in Nancys Nähe, starrt sie an, beobachtet sie aber auch sonst immerzu, wenn er weiter von ihr entfernt ist.

Sie beginnt einen Kuchenteig zu bereiten.

Als Schutz hat sie sich einen Sack vorgebunden.

Einmal verschwindet sie in der kleinen Höhlenkammer, wo Stap Sunday liegt, aber sie kommt bald wieder heraus und arbeitet am Tisch weiter.

Jim Henderson tritt nach einer Weile zu ihr.

»Willst du mich mit einem Kuchen auf andere Gedanken bringen?« So fragt er. Und er setzt hinzu: »Aber das schaffst du nicht. Ich muss immerzu darüber nachdenken, ob ich mehr Glück bei dir hätte als

Juleman. Komm jetzt! Dort hinüber! Ich will es endlich wissen. Los!«

Sie weiß, dass er sich zu jenem unheilvollen Entschluss durchgerungen hat. Diese totale Veränderung seiner Moral war wohl zu erwarten, nachdem die Bande getötet und geraubt hatte, mit reicher Beute in die Höhle zurückkam und bald schon wieder beutegierig hinausritt, um wieder zuzuschlagen.

Am Anfang, als sie den Wagen schnappten, da wollten sie noch stolze Texaner sein, die auch hier in Montana die Frauen achteten und schützten, wie es daheim in Texas üblich ist.

Doch hier wurde dann alles anders.

Ihre Hände sind noch bis zu den Ellenbogen mit Mehl bestäubt.

Sie verharrt kerzengerade und sieht Jim Henderson an.

»Oh, Sie verdammter Stinker«, sagt sie verächtlich, »die Hölle wartet schon auf Sie, wenn Sie es wagen sollten.«

»Ich wage es«, erwidert er und gleitet um den Tisch herum, der sie bisher trennte. Sie flüchtet vor ihm, und so jagt er sie dreimal um den Tisch.

Dann aber flankt er über die Tischplatte und steht so überraschend vor ihr, dass sie sogar gegen ihn prallt. Er greift sie. Seinen starken Armen kann sie nicht entkommen. Aber sie versucht es auch gar nicht. Diesmal hat sie kein Messer griffbereit neben sich auf dem Tisch. Es wäre ihr auch gewiss nicht gelungen, es zu ergreifen. Denn Jim Henderson ist gewarnt.

Er lacht triumphierend.

»Na komm schon«, verlangt er. »Gehen wir hinüber.«

Er will mit ihr in den Teil der Höhle, wo sich die Lagerstätten der Banditen befinden.

»Na gut«, sagt sie. »Lass mich los. Ich sehe ein, dass ich keine andere Wahl habe. Lass mich los! Du brauchst mich nicht zu schleppen wie ein Steinzeitmensch.«

Er zögert, lacht dabei. Aber dann gibt er sie frei.

Sie bewegt sich schnell von ihm fort. Er ruft: »Wenn du mich jetzt an der Nase herumführen willst, dann wirst du das bedauern.«

Er will ihr nacheilen, um sie wieder in Reichweite zu haben.

Aber da sagt eine Stimme hinter ihm: »Sie wird gar nichts bedauern, obwohl sie dich wahrhaftig an der Nase herumgeführt hat, als sie mir Juleman Lees Colt brachte.«

Jim Henderson verharrt jäh, macht einen scharfen Atemzug und bekommt einen steifen Rücken, so als würden sich dabei auch seine Nackenhaare sträuben.

Dann wendet er langsam den Kopf und blickt über die linke Schulter zurück, wobei seine Hand mit vibrierenden Fingerspitzen den Kolben seines Revolvers berührt.

Ja, er sieht Stap Sunday. Sunday kam hinter den Decken hervor, die als Vorhang die kleine Höhlenkammer abtrennen.

Und er hält einen Colt mit beiden Händen auf Jim Henderson gerichtet, lehnt neben dem Vorhang an der Felswand, so als brauchte er eine Stütze.

Als Jim Henderson dies alles erkennt, atmet er erleichtert auf.

Er wendet sich Stap Sunday zu.

»He, du schaffst es nicht! Du kannst ja den Revolver kaum halten, so schwach bist du noch. Du kannst ja nicht mal allein stehen. Leg dich nur nicht mit mir an. Hau ab! Geh in dein Körbchen!«

Aber Stap Sunday schüttelt den Kopf.

»Sie ist meine Frau«, sagt er. »Und ich lasse nicht zu, dass du mieser Mistkerl ihr etwas antust. Du bist gleich alle für immer. Na los, zieh deinen Colt!«

Jim Henderson staunt, denn er begreift, dass Sunday ihm eine Chance geben will. Sunday kann ihn nicht abknallen ohne Gegenwehr. Sunday wird warten, bis auch er den Colt heraus hat.

Es ist aber etwas im Gang, was Jim Henderson Sorgen macht.

Aus dem Augenwinkel heraus erhascht er Nancys Bewegung, und er weiß, dass die Frau in Richtung zu den Lagerstätten in Bewegung ist. Aber dort bei den Lagerstätten im Höhlenwohnteil der Bande, da sind noch Waffen. Es sind überzählige Waffen. Auch die Schrotflinte ist dort, die Nancy schon einmal in die Hände bekam.

Jim Henderson weiß, dass Nancy diese Schrotflinte benutzen wird.

Und da entschließt er sich.

Er schnappt seinen Colt heraus, und es ist wahrhaftig wie Zauberei, so schnell erscheint die Waffe in seiner Hand. Als er die Mündung hochschwingt, sieht er in Stap Sundays Mündungsfeuer.

Er drückt noch zweimal ab, obwohl er getroffen wird von Stap Sundays Kugel.

Ben Vansitter folgt den vier Banditen mit seinem Packpferd. Sie reiten auf ihrer eigenen Fährte zurück und kennen deshalb den Rückweg zur Höhle.

Er hat sie immer wieder alle vier vor sich.

Einige Male in den nächsten Stunden ist er versucht, seinen Colt zu ziehen und ihnen zu sagen, dass sie ihre Waffen wegwerfen sollen.

Aber dann warnt ihn sein Instinkt stets, es lieber nicht zu versuchen.

Denn sie würden nicht gehorchen. Er weiß es mit untrüglicher Sicherheit. Diese vier Männer sind nicht mit normalen Maßstäben zu messen oder gar auszurechnen. Sie sind zu gefährlich. Es sind Burschen, die schon seit Jahren immer wieder alles verwegen auf eine Karte setzten und sich aus so mancher scheinbar ausweglosen Lage herauskämpften.

Er kann das spüren, wittern.

Bei der geringsten Feindseligkeit von ihm aus würden sie ihre Colts herauszaubern und zu schießen beginnen. Denn ihre Chancen stünden ja drei zu eins. Nur einen könnte er erwischen, bevor sie ihn erledigen. Solch eine Chance ist für sie groß genug.

Und so wagt Ben Vansitter nichts.

Es ist ihm klar, dass er sie nur einzeln erledigen kann, Mann für Mann.

Und er darf sich nicht auf einen Revolverkampf mit ihnen einlassen.

Er folgt ihnen also geduldig, und er ist gespannt auf das Wiedersehen mit seinem Partner Stap Sunday und auf die Frau, die Sunday offenbar bei sich im Wagen hatte, als der an die Banditen verloren ging.

Jetzt, da er die Texaner kennt und sie einzuschätzen vermag, bedauert er doch, dass er sich keine Hilfe besorgt hat. Er hätte in Last Chance City gewiss mit Vigilanten Verbindung aufnehmen können. Dann wäre er mit einem ganzen Aufgebot geritten.

Doch jetzt ist das nicht mehr zu ändern.

Da er die Banditen ja schon einmal verfolgt hat, kennt er den Canyon, in dem sie ihr Versteck haben. Und so ist er nicht überrascht, als sie nach Anbruch der Nacht die Höhle erreichen.

12

Indes könnten die Ereignisse in der Höhle dramatischer kaum noch zu steigern sein. Denn obwohl Stap Sunday den so wild und heftig reagierenden und alles auf eine Karte setzenden Jim Henderson mit dem ersten Schuss trifft, kann Henderson selbst sogar zweimal abdrücken.

Und er trifft beide Male.

Eine der Kugeln bekommt Stap Sunday ins Bein, wo sie im Muskelfleisch des Oberschenkels stecken bleibt, die zweite Kugel reißt ihm an der rechten Seite über dem Gürtel ein Stück Fleisch weg.

Er fällt zwar nicht um, denn er lehnt ja immer noch mit dem Rücken an der Höhlenwand, aber er steht dort nur noch einbeinig. Im rechten Bein ist plötzlich keine Kraft mehr. Und der Schmerz wallt durch seinen ganzen Körper, vereinigt sich mit dem Schmerz der anderen Wunde.

Er, der gerade erst auf dem Weg der Genesung war, ist schon wieder außerstande, auf ein Pferd zu klettern und zu reiten.

Er und Nancy begreifen es sofort in den ersten Sekunden.

Jim Henderson liegt stöhnend am Boden. Nancy blickt auf den Mann nieder, und es ist kein Bedauern in ihr, nur Bitterkeit.

»Du verdammte Hexe«, sagt Jim Henderson mit letzter Kraft. Mit diesen Worten stirbt er. Nancy hebt die zitternde Hand und wischt sich übers Gesicht. Sie schwankt leicht, tritt einen halben Schritt zurück und findet am Tisch einen Halt.

Da ihre Hände bis zu den Ellenbogen hinauf immer noch mit Mehl gepudert sind, hat sie sich davon auch etwas ins Gesicht gewischt. Im Feuer- und Laternenschein wirkt ihr Gesicht nun maskenhaft.

Sie blickt auf Stap – und erst jetzt begreift sie richtig, dass er angeschossen wurde und sich alles wiederholt, nämlich, dass sie immer noch nicht von hier wegkönnen.

Vor Tagen war er zu krank von der erhaltenen Prügel.

Jetzt hat er zwar schon wieder kämpfen können und einen Gegner getötet, doch er hat selbst eine Menge abbekommen. Sie seufzt bitter und bewegt sich endlich, läuft zu ihm hinüber.

»Oh, Stap«, sagt sie heiser, »oh Stap, es soll wohl nicht sein.«

Er starrt sie mit zusammengebissenen Zähnen an. Seine Lippen wirken wie die Narbe eines Messerschnittes. Und seine Wangen arbeiten.

Und endlich bekommt er Lippen und Zähne auseinander. Er sagt knirschend: »Vielleicht schaffen wir es doch noch, wenn du meine Wunden versorgst und die verdammte Bande lange genug fort bleibt – vielleicht zwei oder gar drei Tage und Nächte. Ja, dann kommen wir gewiss von hier fort.«

Sie glaubt nicht, dass es so sein wird. Aber sie möchte daran glauben, ja, sie klammert sich mit all ihrer Hoffnung an diese fast unwahrscheinliche Möglichkeit.

Und so hilft sie ihm in die Höhlenkammer auf sein

Lager. Er blutet aus seinen Wunden, und als sie ihn entkleidet hat, da sieht sie, wie es um ihn steht. Sie holt den Verbandskasten und macht sich an die Arbeit.

Die Wunde an seiner Seite sieht fast aus wie von einem Schwerthieb. Sie näht die Wundränder zusammen, und sie hört sein Stöhnen, das er nicht verhindern kann, wenn sie Stich für Stich näht und den Faden durchzieht.

Mit der Beinwunde ist es schlimmer. Die Kugel sitzt tief im Muskel.

Sie muss schneiden, um mit der spitzen Zange tief genug eindringen und die Kugel fassen zu können.

Da sie alles ohne Betäubung machen muss, zuckt Stap am ganzen Körper. Sein Stöhnen wird zeitweilig zu einem Winseln, und er kann nichts dagegen tun. Der Schmerz ist zu böse, zu schlimm.

Sein Gesicht ist schweißbedeckt unter den Bartstoppeln.

Aber er grinst.

»Zeig mir mal dieses Mistding«, verlangt er heiser.

Sie zeigt ihn mit der Zange die blutige Kugel.

»Du warst ja auch mit beiden Händen kaum fähig, den Colt zu halten«, murmelt sie. »Du hast verdammt mehr geleistet, als man von dir erwarten konnte. Doch ich glaube nicht, dass wir in den nächsten Tagen reiten können. Du wirst Fieber bekommen.« Sie gießt Alkohol in die beiden Wunden, legt schließlich Verbände an und tränkt auch diese mit Alkohol aus dem Verbandskasten.

Als sie danach auf Stap blickt, da sieht sie, dass er eingeschlafen ist.

Es war zu viel für ihn, denn er ist noch geschwächt. Seine Gesundung wollte ja erst beginnen. Und nun wurde er wieder zurückgeworfen damit.

Sie fragt sich, was für ein Schicksal ihnen bestimmt ist.

Aber natürlich gibt es keine Antwort auf diese Frage.

Nur die Zeit wird eine Antwort geben. Was kommen wird, wird kommen. Denn sie glaubt an ein unwandelbares Schicksal, gegen das es letztlich kein Gegenankämpfen gibt, weil es unausweichlich ist.

Dennoch aber wird sie kämpfen bis zum Davonkommen oder Untergang.

Und Stap wird es ebenfalls tun, das weiß sie genau.

Sie denkt über die merkwürdigen Wege nach, die Stap und sie zusammenführten.

Niemals hätte sie geglaubt, noch einmal für einen Mann dies alles empfinden zu können, was sie längst schon verdorrt glaubte und nun für Stap empfindet.

Sie erhebt sich seufzend.

Denn wieder einmal muss sie einen Toten mit Hilfe eines Pferdes aus der Höhle schleifen und im Canyon bestatten. Auch diesmal wird sie es in einer Felsspalte tun müssen, die sie über dem Toten mit Felsbrocken füllt. Der Schnee und der Erdboden darunter sind zu hart. Sie könnte keine Grube graben.

Dies alles ist fast zu viel für sie.

Und immer wieder muss sie daran denken, was sein wird, wenn sie mit Stap nicht vor Rückkehr der Banditen von hier wegkommen kann. Was werden sie mit ihm tun? Und mit ihr?

Die Furcht will von ihr Besitz ergreifen.

Sie möchte sich ein Pferd nehmen, alle notwendigen Dinge in einen Sack packen und die Flucht ergreifen, selbst auf die Gefahr hin, sich in diesem ihr unbekannten Land zu verirren. Letzteres könnte gewiss schnell geschehen, wenn wieder heftige Schneefälle die Sicht einschränken und alle Fährten löschen.

Sie weiß, dass ihre Furcht aus Selbsterhaltungstrieb entsteht.

Doch sie lässt sich von ihr nicht besiegen. Sie kämpft dagegen an.

Sie wird bei Stap bleiben, komme, was da wolle.

Schon in der Nacht bekommt Stap starkes Wundfieber. Sein Körper war ja noch sehr geschwächt. Nancy hat Furcht, dass die Wunden sich entzünden könnten, und so gießt sie immer wieder Alkohol auf die Verbände, hält sie feucht.

Gegen Ende der Nacht, als draußen im weißen Canyon schon das erste Grau des kommenden Tages einsickert, da erwacht Stap.

Im Laternenschein starrt er Nancy mit fieberglänzenden Augen an.

Und dann fragt er heiser, so als hätte er sich auch im Fiebertraum fortwährend damit beschäftigt: »Hast du alles fertig zum Abreiten, mein Engel? Können wir aufbrechen?«

Er will hoch.

Doch sie drückt ihn zurück.

»Versuch es nicht erst«, warnt sie.

125

»Doch, ich will es versuchen«, widerspricht er. »Wir müssen von hier weg. Ich habe mich lange genug ausgeruht, vielleicht schon zu lange. Also, lass es mich versuchen. Allein ohne deine Hilfe. Ich werde auch allein auf ein Pferd kommen müssen. Lass mich!«

Sie gibt nach, nimmt die ihn niederdrückende Hand von ihm, erhebt sich vom Rand seines Lagers und tritt zurück.

Dann sieht sie zu, wie er sich hochkämpft, wie ihm dabei schon der Schweiß ausbricht und wie er dennoch nicht aufgeben will.

Wahrhaftig, er steht dann da, wenn auch etwas schwankend und ganz so, als wäre ihm schwarz vor Augen geworden und als drehte sich der Erdboden mit ihm wie ein Karussell.

Dann aber bekommt er offenbar einen klareren Kopf. Er versucht den ersten Schritt und belastet sein verwundetes Bein.

Es knickt unter ihm weg. Der Schmerz lässt ihn stöhnen.

Sie springt hinzu, stützt ihn.

Und sie hört ihn tonlos flüstern: »Es geht nicht – ooh, es geht wirklich nicht. Verdammt, alles dreht sich mit mir. Und mein Bein ist die Hölle.«

Mit ihrer Hilfe legt er sich wieder hin.

Nach einer Weile murmelt er: »Ich bitte dich, hau ab! Versuche es! Wenn du nach Westen reitest, musst du in die Last Chance Gulch gelangen. Raus aus diesem Canyon, ein Stück nach Süden – vielleicht an die zwanzig Meilen, dann nach Westen abbiegen. Du wirst Fährten finden. Und du musst nur aufpassen, dass du den ...«

»Nein«, unterbricht sie ihn hart und spröde. »Nein, ich reite nicht allein! Ich bleibe!«

So schlecht es ihm auch geht, er hört dennoch am Klang ihrer Stimme, dass er sie nicht umstimmen kann.

Der Tag vergeht, dann die Nacht. Stap Sundays Fieber lässt gegen Morgen nach. Nancy gab ihm immer wieder Tee zu trinken. Es ist Tee gegen Fieber, wie auf der Büchse zu lesen ist. Auch dieser Tee gehörte wie viele andere Dinge zur Ladung des verlorenen Wagens.

Einige Male flößt sie Stap auch Fleischsuppe ein. Und in den Tee tut sie stets einen Löffel Honig. Stap hat ja durch den neuerlichen Blutverlust eine Menge von seiner Substanz verloren.

Als es dann abermals Tag wird, da will er es noch einmal versuchen.

Und abermals sieht sie zu, hilft ihm nicht. Denn unterwegs könnte sie ihm auch nicht helfen. Er muss kräftig genug sein, auf ein Pferd zu kommen und sich oben zu halten.

Aber wieder knickt das Bein unter ihm weg. Wieder wird ihm schwindlig. Er schafft fünf oder sechs Schritte, dann muss sie hinzuspringen, um ihn zu stützen, ihm aufs Lager zurückzuhelfen.

Dort liegt er knirschend da und verlangt: »Also, dann bring das Pferd hier neben das Lager, sodass ich gleich aufsitzen kann.«

»Nein«, sagt sie. »Ich müsste dich bald darauf festbinden. Und du würdest mir unterwegs sterben. Nein, es geht nicht. Wir müssen bleiben!«

Er sagt nichts mehr.

Aber sie weiß, wie sehr er unter seiner Hilflosigkeit leidet.

Sie erinnert sich, wie selbstbewusst und stolz er war an der Schiffslandestelle bei Fort Benton. Und als er sie mitnahm mit dem Wagen, da fühlte sie sich sicher bei ihm.

Sie sah ihn dann auch kämpfen, ja, sie half ihm sogar dabei.

Aber dann kam diese Texasmannschaft, die eine Banditenmannschaft geworden ist. Seine Vergangenheit, der er entkommen zu sein glaubte, hatte ihn eingeholt.

Und nun kommt er aus der Pechsträhne nicht mehr heraus.

Dennoch hat er sie noch beschützen können.

Er tötete Jim Henderson.

Doch jetzt ...

Sie beginnt zu überlegen, was zu tun ist, wenn die Banditen zurück in die Höhle kommen.

Dies geschieht am Nachmittag.

Nancy ist dabei, Pferdemist aus der Höhle zu schaffen. Sie benutzt dazu zwei Eimer. Es stinkt schon zu viel in der Höhle nach Stall und Pferde-Urin.

Als sie die Reiter kommen sieht, da zählt sie fünf, und dieser fünfte Reiter sieht wie ein Trapper aus und zieht ein Packpferd mit sich.

Sie eilt in die Höhle zurück und stellt sich mit schussbereiter Schrotflinte neben dem Zugang zu Staps Lager an die Höhlenwand.

So wartet sie.

Zuerst kommt John Cannon herein.

»Hallo, schöne Lady.«

Er grinst. »Wir haben Hunger. Wo ist denn Jim?«

»In der Hölle«, erwidert sie schlicht, und ihre Stimme klirrt spröde.

John Cannon zuckt leicht zusammen. »Heee«, macht er überrascht.

Hinter ihm kamen indes Saba Worth und Vance McClusky herein, und beide hörten Nancys Worte.

»Was ist los?« Saba Worth ruft es scharf. »He, was ist mit Jim Henderson? Wo ist er?«

»In der Hölle«, wiederholt sie. Aber dann spricht sie weiter: »Er wollte seinen Spaß mit mir haben wie damals schon Juleman Lee. Und jetzt ist er in der Hölle wie Juleman Lee.«

Sie staunen, und die Wut steigt in ihnen hoch. Man hört es an ihrem Schnaufen, Grollen und Fluchen.

Der Deckenvorhang der kleinen Wohnhöhle wird zur Seite geschoben.

Stap Sunday kommt zum Vorschein. Er hinkt mühsam. Aber dann lehnt er sich gegen die Felswand auf der anderen Seite des zugehängten Loches zur Kammer.

In seinem Hosenbund, ziemlich weit vorn, da steckt ein Colt.

»Ich habe mit ihm gekämpft«, sagt er. »Ich hatte Juleman Lees Colt, an den ihr nicht mehr dachtet. Er hat mir zwei Wunden zugefügt, aber ich traf ihn mit meinem einzigen Schuss besser. Er wollte meine Frau. Hatte ich kein Recht, meine Frau zu beschützen?«

Seine Frage ist zugleich eine verächtliche Anklage.
Und sie fluchen böser noch als zuvor.

George Wannagan sagt wütend: »Wegen dieser Hexe fährt einer nach dem anderen von uns zur Hölle, sobald wir sie allein lassen! He, wir sollten sie jetzt entweder richtig einbrechen oder zum Teufel jagen. Und ich bin fürs Einbrechen! Wir könnten um sie losen oder spielen. Doch sie muss eingebrochen werden wie ein Wildpferd, wenn sie noch länger bei uns bleiben soll. Basta!«

Nachdem er dies hervorgestoßen hat mit böser Wut, herrscht eine Weile Schweigen. Nur die Geräusche der Pferde sind zu hören.

Aber da tritt Ben Vansitter näher. Er kam zuletzt in die Höhle. Doch er hörte jedes Wort. Er konnte auch Stap Sunday gut erkennen – und er ist von Anfang an beeindruckt von der Ausstrahlung dieser Frau.

Jetzt fragt er scheinbar sanft und milde: »Was ist falsch daran, wenn ein Mann seine Frau beschützt? Das täte doch wohl jeder von uns – oder?«

Sie knurren zu seinen Worten.

Saba Worth faucht über die Schulter zu ihm zurück: »Misch dich da nur nicht ein, Lederstrumpf. Das geht dich einen Dreck an!«

»Oh, nein«, widerspricht Ben Vansitter, »es geht mich schon was an, mit welcher Mannschaft ich reite. Und wenn ihr Dreckskerle seid, die sich an einer Frau vergreifen, dann bin ich bei euch nicht in der richtigen Schmiede. Dann sucht euch einen anderen Scout, der euch nicht blind durch dieses Land tappen lässt. Dann haue ich gleich wieder ab.«

Es ist ein Glück, dass sie sich ihm nun alle zuwenden und nicht mehr auf Stap Sunday blicken. Denn Stap Sunday erkennt seinen Partner Ben Vansitter und hätte fast einen Ruf ausgestoßen. Er zuckt aber dennoch überrascht zusammen.

Auf den ersten Blick hat er Vansitter im Halbdunkel der Höhle nicht erkennen können, zumal Vansitter den helleren Höhleneingang hinter sich hat.

Doch an der Stimme erkannte Stap ihn sofort.

Und so ist plötzlich eine Erleichterung in ihm, eine fast triumphierende Freude.

Er begreift sofort, dass Vansitter sich bei der Bande als Trapper eingeschlichen hat. Und nun beginnt er auch zu ahnen, wer jenen Louis tötete.

Vansitter ist also schon auf der Suche nach dem verlorenen Wagen gewesen.

Die vier texanischen Revolvermänner und Banditen fühlen sich plötzlich eingekeilt. Denn da stehen Stap Sunday und Nancy – und da steht dieser sehnige und indianerhafte Trapper.

Alle drei sind bewaffnet.

Es stünde also drei gegen vier.

Das gefällt ihnen nicht.

Ihr Zorn richtet sich nun gegen den vermeintlichen Trapper.

John Cannon sagt: »Vielleicht bist du doch nicht der richtige Partner für uns?«

»Das könnte stimmen«, erwidert Ben Vansitter. »Ich bin zwar kein stolzer Texaner wie ihr, aber für mich sind dennoch Frauen beschützenswerte Wesen, hier in der Wildnis besonders. Wenn ihr anders denkt, dann passe ich wahrhaftig nicht zu euch.«

Wieder denken sie nach, und ihr Zorn strömt gegen ihn wie ein heißer Atem. Sie haben jetzt schon als Bande ziemlich viel Federn lassen müssen. Drei von ihnen und ihr erster Scout, jener Louis, sind tot.

Gewiss sie haben gute Beute gemacht.

Mit einem Wagen voller wertvoller Ladung begann es, dann ging es weiter mit Gold und Geld. Aber dann ...

Sie begreifen plötzlich wieder, dass ihnen die Frau offenbar kein Glück bringt. Denn wegen ihr starben zwei von ihnen.

Und so wenden sie sich wieder Nancy und Stap zu.

Stap geht es nicht gut. Man sieht es ihm an. Würde er nicht neben dem Höhlenkammerloch an der Felswand lehnen, bräche er gewiss zusammen.

John Cannon entschließt sich endlich.

Er sagt – und das tut er auch für seine drei Kumpane – mit bitter und grimmig klingender Stimme: »Na gut, wir können Jim Henderson nicht dadurch wieder lebendig machen, dass auch wir aufeinander losgehen. Sicherlich ist es so, dass ein Mann die Pflicht hat, seine Frau zu beschützen, selbst wenn er ein verdammter Hurensohn und Verräter ist. Na gut!«

Er wendet sich nun wieder zurück an den vermeintlichen Trapper.

»Misch dich nur nicht noch mal in unsere ganz privaten Dinge ein, Lederstrumpf«, sagt er grimmig. Er wendet sich an seine drei Partner und Kumpane.

»Also, holen wir die Pferde herein.«

Aber Saba Worth, Vance McClusky und George Wannagan bewegen sich noch nicht.

»Wollen wir sie nicht erst mal entwaffnen?« So fragt Saba Worth böse.

Wieder blicken sie auf Stap und Nancy.

Nancy hat immer noch die Schrotflinte im Hüftanschlag.

»Die bekommt ihr nicht«, sagt sie. »Und ich koche auch nicht mehr für euch. Ich mache nicht mehr für euch die Dreckarbeit. Ich sorge nur noch für Stap und für mich. Lasst uns in Ruhe. Sobald Stap reiten kann, werden wir hier verschwinden. Und solltet ihr was dagegen haben, werden wir uns den Weg freikämpfen.«

Sie blickt an den vier verharrenden Banditen vorbei auf den vermeintlichen Trapper. »Mister«, sagt sie, »da sind Sie aber zu einer miesen Bande gestoßen. An Ihrer Stelle würde ich von hier abhauen, so schnell ich könnte.«

Da beginnen John Cannon und die drei anderen Reiter zu lachen. »Aber er kann es nicht. Keiner von euch kann es!« Vance McClusky ruft es, und er lacht dabei wie über einen guten Witz. Er schlägt sich dabei sogar patschend auf die Oberschenkel.

Auch die anderen benehmen sich ähnlich. Aber als es dann still wird, sagt John Cannon langsam Wort für Wort: »Passt auf, wir müssen eine Weile miteinander auskommen. Nancy, ich gebe Ihnen mein Wort, dass niemand von uns Sie bedrängen oder belästigen wird. Wir werden Sie wie eine Schwester behandeln. Und wir werden auch Stap nichts mehr tun. Ich will Frieden.«

»He, Lederstrumpf, wir kennen noch nicht einmal deinen Namen.«

»Ich bin Vansitter, Ben Vansitter«, sagt dieser langsam, und sein Blick richtet sich auch eine Sekunde lang auf Stap Sunday.

Aber der ist schon halb bewusstlos. Auch würden wegen der schlechten Lichtverhältnisse in der Höhle eine Blickverständigung – ein stummes Zwiegespräch sozusagen – zwischen ihnen nicht möglich sein.

Aber eines ist sicher: Stap weiß, dass sein Freund und Partner Ben Vansitter als Trapper verkleidet gekommen ist. Dies hat er gewiss noch begriffen.

Doch jetzt rutscht er mit dem Rücken an der Felswand nieder in die Hocke. Er kann selbst angelehnt nicht mehr stehen.

Nancy geht zu ihm, will ihm aufstehen helfen. Doch er schafft es selbst mit ihrer Hilfe nicht mehr. Da geht auch Vansitter zu ihm hin.

Mit seiner Hilfe schafft es Nancy, ihn wieder auf sein Lager zu bringen.

Sie flüstert Vansitter zu: »Danke, Mister – vielen Dank. Sie waren fair. Hoffentlich bleiben Sie es auch. Eigentlich müsste ich Ihnen raten, so schnell wie möglich abzuhauen von hier, sich von dieser miesen Bande zu trennen. Doch ohne Sie wären wir hier verdammt allein.«

»Ich bleibe«, flüstert er zurück. »Denn ich war unterwegs, um den verlorenen Wagen und meinen Freund und Partner Stap Sunday zu suchen.«

Sie hält überrascht nach einem scharfen Atemzug die Luft an.

Und plötzlich hat sie wieder Hoffnung.

13

Es herrscht ständig eine drohende, böse und unheilvolle Stimmung in der Höhle. Die vier Texaner betrinken sich schlimm aus den Vorräten.

Der vermeintliche Trapper Vansitter hält sich abseits. Und auch das Paar verlässt nicht die kleine Höhlenkammer. Offenbar hat Nancy sich reichlich mit Vorräten und auch Wasser eingedeckt.

Einige Male bringt Vansitter Kaffee zum Deckenvorhang, wo Nancy ihn in Empfang nimmt, sobald er leise nach ihr ruft.

Als er das zum dritten Male tut, flüstert Nancy ihm zu: »Stap ist wieder bei Bewusstsein und weiß Bescheid. Er hat Sie erkannt, bevor er schlappmachte.«

Vansitter grinst nur.

Als er zum Feuer zurückkehrt, blicken die vier Männer vom Tisch her zu ihm herüber. Saba Worth sagt böse und gehässig:

»Die Süße hat es dir wohl angetan, Lederstrumpf. Ja, die ist was anderes als eine Indianersquaw. Sag mal, Lederstumpf, stimmt es wirklich, dass die Squaws nach Pferdemist und Pferdepisse stinken? Man hat mir mal erzählt, dass die Indianer Felle mit Pferdemist eingraben und auf diese Weise gerben. Und weil die Squaws das alles machen müssen, stinken sie wie die gegerbten Felle, hahaha!«

Vansitter verzieht keine Miene.

»Du weißt ja eine Menge über Indianersquaws,« sagt er nur.

Sie lachen hohnvoll, denn sie sind betrunken. Und sie empfinden alles immer noch als Niederlage. Einst waren sie sieben Texaner und ein Halbblut-Scout.

Nun sind sie nur noch vier.

Und ihr neuer Scout ergriff gegen sie Partei. Das bohrt und brennt fortwährend in ihnen. Und nur ein letzter Rest von Verstand sagt ihnen, dass sie den Scout noch brauchen, ja, dass es für sie sogar ein Glücksfall ist, wieder einen zu haben.

Irgendwann endlich losen sie aus, wer von ihnen die erste Wache übernehmen soll. George Wannagan ist es.

Die anderen legen sich im Schlafteil der Höhle ziemlich betrunken zur Ruhe.

Wannagan bleibt am Tisch hocken. Und er sitzt so, dass er alles überblicken kann.

Um wach zu bleiben, beginnt er eine Patience auszulegen.

Immer wieder blickt er unter seiner Stirn hinweg auf Vansitter, der ziemlich nahe bei den Pferde und der Höhlenkammer des Paares liegt und fest zu schlafen scheint.

Aber Wannagans Aufmerksamkeit lässt nicht nach. Immer dann, wenn er merkt, dass er von der Müdigkeit übermannt zu werden droht, erhebt er sich, tritt ans Feuer, gießt sich Kaffee ein und wandert ein wenig umher.

Sie sind wirklich keine zweitklassigen Burschen, diese Texaner – was ihre Gefährlichkeit betrifft.

Man wird sie nicht leicht überrumpeln können, selbst dann nicht, wenn sie so angetrunken oder gar berauscht sind wie im Moment.

Sie schlafen bis zum Vormittag des anderen Tages, und als sie mürrisch an den Tisch kommen, hat Vansitter dort eine Bohnensuppe im Topf, dazu Rauchfleisch, Kaffee und frische Biskuits.

Zuerst scheint es ihnen schwer zu fallen, außer Kaffee etwas herunterzubekommen. Doch dann weicht ihr Kater. John Cannon, der zuletzt die Wache hatte – denn sie lösen sich alle zwei Stunden ab –, sagt plötzlich: »Also, wir reiten. Die Süße kann ja nicht weg mit Stap. Also können wir alle noch mal zusammen reiten und werden wohl auch herausfinden, was dieser Lederstrumpf eigentlich wert ist. Aber sehen wir erst mal nach unserem lieben Amigo Stap.«

Sie erheben sich vom Tisch und nähern sich dem Deckenvorhang.

Als John Cannon die Decken zur Seite rafft, damit sie in die Höhlenkammer blicken können, da sehen sie Nancy neben Staps Lager stehen und mit der Schrotflinte auf sie zielen.

»Kommt nur nicht herein«, sagt Nancy. Ihre Stimme klingt fest und ruhig.

Die Männer grinsen.

»Lebt er noch?« Dies will John Cannon wissen.

Stap Sunday, der wach ist, hebt leicht die Hand.

»Vielleicht überlebe ich euch alle.«

Sie grinsen immer noch, aber nun ist ihr Grinsen böse.

Seine Worte ärgern sie. Vielleicht spüren sie deshalb ihren Ärger, weil er sich ihrer Meinung nach für besser hält als sie, weil er schon damals in Texas mit ihnen nichts mehr zu tun haben wollte.

»Haut ab«, sagt Nancy hart. »Lasst uns in Ruhe, haut ab!«
Wieder wollen sie böse und gemein reagieren.
Doch dann lässt John Cannon den Deckenvorhang wieder zufallen.
»Wir reiten«, sagt er. »Doch einer von uns bleibt hier. Losen wir aus, wer das ist.«
Sie treten an den Tisch und ziehen Karten aus dem Häufchen.
Die niedrigste Karte zieht John Cannon selbst.
Da lachen die drei anderen Männer brüllend los.
Saba Worth sagt grinsend: »Aber lass dich nur nicht umbringen wie Juleman und Jim, hahahaha!«
John Cannon sagt nichts, und er sagt dann auch später immer noch nichts, als die drei Texaner mit Vansitter abreiten.
Er blickt ihnen nach, solange er sie im Canyon mit Blicken verfolgen kann.
Dann wendet er sich in die Höhle zurück.
Und plötzlich verspürt er, was schon Jim Henderson vor ihm spürte: eine Herausforderung nämlich.
Und er denkt: Mit mir würde sie das nicht machen können – nicht mit mir. Und Stap könnte ja noch gar nicht kämpfen ...

Ben Vansitter reitet an der Spitze. Die drei texanischen Revolvermänner und Banditen folgen ihm hintereinander. Vansitter weiß, dass es nun ernst wird.
Aber wie kann er mit drei solch gefährlichen Männern fertig werden?
Es erscheint ihm vorerst unmöglich.

Und so muss er abwarten, muss mit ihnen reiten, sie führen, sich ihr Vertrauen erhalten. Besonders Letzteres hält er für sehr schwer.

Er spürt das ständige Misstrauen dieser Männer. Er weiß ja, wie erfahren sie sind und für Feindschaft einen besonders ausgeprägten Instinkt besitzen, so als könnten sie Feindschaft wittern.

Sie reiten den ganzen Tag, rasten einige Stunden in der Nacht. Und weil die Nacht sehr hell und klar ist, reiten sie noch vor Morgengrauen weiter. Er führt sie weit über die Stelle hinaus nach Süden, wo sie bisher lauerten und Beute machten – und wo er Pete Slaugther den Hals durchschnitt.

Gegen Mittag des nächsten Tages sind sie am Ziel. Auch diesmal ist es wieder ein Canyon, der in Nord-Süd-Richtung verläuft und von einer Querschlucht in West-Ost-Richtung durchbrochen wird.

Vansitter hält an.

Er deutet zwischen Felsen hindurch, dorthin, wo die Schlucht den rechten und den linken Steilhang des Canyons durchbricht.

Da sich der Canyon nach Süden zu etwas senkt, können sie die Fährten im Schnee erkennen.

»Das ist einer der Schleichwege«, sagt Vansitter. »Hier reiten die Gold- und Geldreiter in die entgegengesetzten Richtungen. Wir müssen nur etwas Geduld haben und warten. Der Platz hier zwischen den Felsen ist gut genug. Wir haben hier Deckung und Schutz.«

Sie schweigen noch zu seinen Worten, prüfen alles misstrauisch, wachsam und irgendwie widerwillig, so als misstrauten sie ihm.

Er wartet.

Aber sie können beim besten Willen nichts aussetzen. Er hat sie an einen guten Platz geführt. Der Schleichweg ist keinen Steinwurf weit von ihnen. Da der Canyon sich senkt, können sie alles gut einsehen. Ja, sie könnten sogar auf einem der Felsen Position einnehmen.

Diese Felsen sind sehr groß, doppelt so groß wie große Elefanten etwa. Sträucher und kleine Bäume wachsen oben. Es ist auch leicht, hinaufzukommen.

Sie nicken endlich zufrieden.

»Na gut«, sagt Saba Worth, »dann warten wir mal.«

Sie sitzen ab und schlagen in Deckung der Felsen und Büsche das Camp auf. Vance McClusky klettert bald schon mit seinem Gewehr auf den größten Felsen. Von oben ruft er: »Ja, von hier aus kann ich alles gut übersehen. Hoffentlich kommt auch bald ein Gold- oder Geldreiter, damit wir nicht zu lange warten und uns den Arsch nicht abfrieren, hahaha!«

Auch Saba Worth und George Wannagan lachen. Aber es ist eine böse Ungeduld in diesem Lachen.

Ben Vansitter macht sich Sorgen.

Dieser Schleichweg der Gold- und Geldreiter, zu dem er sie führte, wird kaum noch benutzt. Denn die erfahrenen Reiter wechseln ihre Pfade ständig, und da sie diesen noch bis vor kurzem benutzten, ist anzunehmen, dass sie inzwischen wechselten, um sich von den Goldwölfen nicht ausrechnen zu lassen.

Es könnte aber dennoch sein, dass jemand mit Gold oder Geld auf diesem Pfad geritten kommt.

Und darüber macht Vansitter sich Sorgen.

Deshalb brennt ihm sozusagen alles unter den Füßen. Er wird diese Nacht mit der Vernichtung der Kerle beginnen müssen. Er kann nicht länger warten und auf irgendwelche günstigen Umstände hoffen. Er muss handeln. Denn sonst würde er sich gewissermaßen mitschuldig machen, wenn sie einen der Gold- oder Geldreiter erwischten, ihn vielleicht nicht nur ausraubten, sondern töteten.

Einige Stunden vergehen. Es wird Nachmittag. Und dann verschwindet auch die Sonne. Im Canyon wird es dämmrig, und in der Querschlucht herrscht fast schon Dunkelheit.

Vansitter betet schon fast inbrünstig, dass nichts passieren möge in der nächsten halben Stunde.

Denn dann wird es Nacht sein.

Und dann wird er etwas in Gang bringen. Er kann nicht länger warten. Sein Plan ist es, mit den Pferden der Banditen abzuhauen.

Aber dann kommt es doch anders.

Sie alle hören plötzlich Hufschlag. Drinnen in der Schlucht liegt offenbar nicht viel Schnee. Oder er ist hart wie Stein.

Denn es klingt Hufschlag.

Dann wird der Hufschlag jäh lauter. Es ist klar, dass ein Reiter mit einem Packpferd aus der Schlucht kam und nun quer durch den Canyon zur Fortsetzung der Schlucht reitet.

Von oben auf dem Felsen kracht ein Schuss.

Dann brüllt Vance McCluskys Stimme triumphierend: »Ich habe ihn vom Pferd geschossen! Hoii, reitet hin und seht nach, was sein Packpferd trägt!«

Vansitter seufzt bitter, denn schon in dieser ersten Sekunde weiß er, dass er sich mitschuldig fühlen wird.

Denn er hat die Kerle hergeführt. Seine Hoffnung, dass sie hier vergeblich lauern würden, hat sich nicht erfüllt. Noch bevor er in der Nacht seinen Kampf gegen die drei gefährlichen Männer beginnen konnte, kam ein Reiter mit seinem Packpferd.

Und nun wurde getötet.

Er verspürt einen heißen, bösen, erbarmungslosen Hass auf diesen Vance McClusky, der dort oben auf dem Felsen voller Triumph jubelt – und der doch ganz und gar wie ein heimtückischer Mistkerl geschossen hat.

Saba Worth und George Wannagan schwingen sich auf ihre Pferde, um hinüber zu ihrem Opfer zu reiten, um nachzusehen, ob sich dieser heimtückische Mord auch gelohnt hat.

Vom Felsen aber kommt Vance McClusky geklettert.

Er ruft dabei immer wieder: »Ein glatter Schuss! Hoiii, ich wette, der hat eine Menge Gold auf dem Packpferd! Eine Menge Gold!«

Er hat nun den Fuß des Felsens erreicht und wendet sich Vansitter zu, den er im Halbdunkel noch gut erkennen kann.

Er will zu Vansitter etwas sagen. Doch da zischt es heran und fährt in seinen Hals. Es ist ein Messerwurf, den Vansitter bei den Indianern lernte.

Vance McClusky kann keinen Laut mehr ausstoßen, nicht einmal ein heiseres Gurgeln. Das Messer fährt genau in die kleine Grube am Halsansatz.

Indes erreichen Saba Worth und George Wannagan den Toten.

Ja, es ist ein Toter. Die Kugel traf ihn in die linke Schläfe.

Er liegt bewegungslos am Boden. So wie er aus dem Sattel fiel.

Seine beiden Pferde verharren auf dem Fleck. Es sind gut geschulte Pferde, denen man beibrachte, dass sie verharren müssen, wenn der Reiter aus dem Sattel ist. Auch das Packpferd verharrt.

Worth und Wannagan schnaufen zufrieden.

Das Abscheuliche ihres Tuns wird ihnen gar nicht bewusst.

Sie sind nur noch an Beute interessiert.

Deshalb öffnen sie die Packlast des geduldig verharrenden Packtiers. Und wie schon einmal, finden sie viele Beutel unterschiedlichen Gewichtes und unterschiedlicher Größe.

Auf jedem Beutel ist der Name und die Anschrift des Empfängers vermerkt.

Der Goldreiter sollte dies alles in Fort Benton als Postgut versenden.

Wannagan und Worth fluchen und schnaufen zufrieden. Dann ruft Wannagan: »He, Vance! Vance, du hast recht gehabt! Die ganze Packlast besteht aus Gold! Hörst du, Vance! Komm her und sieh dir das an!«

Aber Vance McClusky, der ja schon tot ist, gibt keine Antwort.

Und da erwachen die beiden texanischen Banditen von einem Moment zum anderen aus ihrem Rausch.

Nun sind sie plötzlich gewarnt, nüchtern, wachsam, lauernd bereit.

Noch einmal ruft Wannagan nach Vance McClusky.

Dann ruft Saba Worth: »Vansitter! He, Vansitter! Verdammt, gib Antwort, du verdammter Lederstrumpf und Hundefleischfresser! Gib Antwort!«

Aber sie erhalten keine Antwort.

Es bleibt still.

Da vergessen sie ihre Beute. Sie wissen, dass es jetzt um ihr Leben geht. Und so gleiten sie tief geduckt über den Boden auf die Felsen zu.

Sie gleichen nun zwei Tigern im Dschungel, die den Jäger jagen und töten wollen. Aber als sie zwischen die Felsen gleiten mit schussbereiten Colts, da finden sie nur den toten Vance McClusky.

Nun fluchen sie nicht mal mehr.

Saba Worth flüstert nur: »Der will auch uns killen. Aus welchen Gründen auch immer, er will uns ebenso allemachen, wie er Vance allegemacht hat.«

»Aber das wird er nicht schaffen«, erwidert George Wannagan. Dann feuert er blitzschnell auf einen Schatten, aber es ist nur ein sich im leichten Wind bewegender Busch am Fuß eines Felsens.

Ja, es streicht nun von Norden her ein leichter Wind durch den Canyon nach Süden.

Ein säuselnder Wind.

Gegen diesen Wind brüllt Saba Worth an:

»Hoiiii, du verdammter Hundefleischfresser, unsere Beute wirst du nicht bekommen! Auch uns nicht! Wir machen dich alle, sobald du dich blicken lässt!«

Aber er erhält keine Antwort.

Da kehren sie zurück zu dem Toten, den dort wartenden Pferden und dem Gold. Aber die Pferde sind weg, auch die Packlast, die sie vom Packtier nahmen, um sie so schnell wie möglich öffnen zu können.

Es ist alles weg bis auf den Toten. Nur der ist noch da.

Sie begreifen, dass der Trapper mit ihnen jetzt ein böses Spiel begonnen hat.

Und sie erinnern sich, dass auch Vance McCluskys Pferd nicht mehr zwischen den Felsen stand.

Inzwischen wurde es dunkel, ganz und gar eine schwarze Nacht.

Sie haben keine Pferde mehr.

Und der Weg zur Höhle ist weit.

Sie begreifen, dass es gar nicht auf ihre Revolver ankommen wird.

Dieser Vansitter, den sie verächtlich Lederstrumpf nannten und dem sie sich als Revolvermänner so überlegen wähnten wie damals die eisengepanzerten Ritter gegenüber nicht standesgemäßen Bauern, dieser Vansitter will sie erledigen.

Dessen sind sie sich sicher.

14

Ben Vansitter hört sie fluchen in der Nacht. Denn es ist still im Canyon bis auf das Säuseln des Windes. Er hört auch das Krachen des Colts, und er weiß, dass sie mehr als nervös sind.

Er kann sich in ihr Denken und Fühlen hineinversetzen.

Ohne Pferde und Ausrüstung müssen sie sich verdammt verloren vorkommen, etwa so wie Schiffbrüchige, die auf einer Planke in kalter See treiben.

Doch er verspürt für sie kein Gefühl der Schonung, der Gnade oder gar des Mitleids. Denn sie sind erbarmungslose Killer aus Gier nach Beute.

Überdies fühlt er sich mitschuldig am Tod des Goldreiters, denn er hat die drei Banditen zu diesem Ort geführt. Seine Rechnung, dass bis zum Anbruch der Nacht niemand kommen würde, den sie überfallen könnten, ging nicht auf.

Er hat den Kampf gegen sie zu spät aufgenommen.

Deshalb wird er keine Gnade kennen.

Doch vorerst hat er noch ein kleines Problem. Es sind die vielen Pferde.

Als er den toten Vance McClusky verließ, nahm er dessen Pferd mit. In der einbrechenden Dunkelheit schlug er einen großen Bogen. Und als Saba Worth und George Wannagan ihn bei Vance McClusky zwischen den Felsen suchten und sogar auf Schatten geschossen wurde, war er bei den anderen Pferden, dem Toten und der Packlast angelangt.

Er schlug die Packlast wieder in die Zeltplane ein, lud sie auf, schnürte sie fest und ritt davon, die anderen Pferde vor sich hertreibend.

Aber was soll er mit fünf ledigen Pferden, von denen eins ein Packtier ist?

Wieder reitet er einen Halbkreis, weicht dabei bis zum östlichen Steilhang des Canyons aus. Der Canyon ist fast eine Meile breit. Er ist sicher, dass ihn die beiden Banditen zwar hören können, aber zu Fuß nicht in der Lage sind, ihm den Weg zu verlegen.

Und so ist es auch. Saba Worth und George Wannagan vernehmen zwar den Hufschlag der Pferde im festgefrorenen Schnee, doch sie haben keine Chance, ihm zu Fuß den Weg abzuschneiden, obwohl sie begreifen, dass er im Canyon nach Norden reitet und die Pferde vor sich hertreibt.

Sie rufen ihm böse Verwünschungen nach.

Dann halten sie schnaufend inne, um zu beraten.

»Was machen wir?« Saba Worth fragt es keuchend, denn sie sind so schnell gelaufen wie lange nicht mehr. Auch George Wannagan schnauft. Er sagt schließlich: »Das ist ganz einfach. Wir müssen den ganzen Weg bis zur Höhle und zu John Cannon zurück. Wenn er sich nicht mit der Beute zufrieden gibt, sondern uns erledigen will, dann wird er uns unterwegs auflauern. Darauf müssen wir vorbereitet sein. Wenn er aber nur scharf auf die Packlast mit Gold ist, dann werden wir ihn gar nicht mehr zu Gesicht bekommen. Aber selbst dann wird es schwer genug sein, die Höhle zu erreichen. Wir sind verdammt weit geritten. Nun müssen wir den Weg zu Fuß zurück. Gehen wir! Solange wir im Canyon sind, können wir uns nicht verirren. Und bei Tag sehen wir ja unsere eigene Fährte. Verdammt, mir wäre es recht, wenn er uns unterwegs auflauern würde. Dann bekämen wir ihn vielleicht doch noch vor unsere Colts. Ich wette, dass wir ihn wittern und spüren würden, wenn wir uns seinem Hinterhalt näherten. Unser Instinkt wird uns feine Zeichen geben. Gehen wir!«

Sie setzen sich in Bewegung.

Die Nacht, die so dunkel begann, wird nicht viel heller.

Doch der Wind, der von Norden her durch den Canyon streicht, ihnen entgegen, ist merkwürdig.

Einmal, als sie innehalten, da fragt Saba Worth: »Was ist das für ein Wind? Hast du schon mal so einen Wind gespürt, George? Das ist ein völlig anderer Wind als sonst. Was ist das?«

Ben Vansitter hätte ihnen sagen können, was es mit dem Wind für eine Bewandtnis hat. Denn auch er reitet gegen den Wind.

Aber er weiß Bescheid.

Solch ein Wind weht immer dann, wenn sich im Norden die ersten Blizzards bereit machen für ihren Aufbruch nach Süden.

Die Indianer sagen dann, dass »Waniyetula«, der Blizzard-Gott, seine Söhne vorbereitet. Er stattet sie mit Kälte, Schnee und Eishagel aus, gibt ihnen Kraft und vor allen Dingen einen Sturm.

Und zuletzt bekommen sie jene orgelnde, brausende

Stimme, die so klingt, als würde die Hölle ausbrechen und alle Ungeheuer freigeben, damit sie sich brüllend und fauchend auf die Erde stürzen.

Ja mit diesem feinen, säuselnden Wind beginnt es. Zuerst ist es ein merkwürdig warmer Wind, der so gar nicht in dieses Land zu dieser Jahreszeit passt.

Doch es ist nur die letzte warme Luft, die vor der Kälte nach Süden flieht.

Was dann kommen wird, ist eine Windstille, ein Atemholen gewissermaßen.

Dann aber folgt die eisige, brüllende, orgelnde Hölle.

Ben Vansitter spürt es, weiß es bald schon ziemlich sicher.

Und so kommt er zu der Überzeugung, dass die beiden texanischen Banditen keine Chance mehr haben, gar keine. Denn sie sind ohne Ausrüstung zu Fuß, haben auch keinen Proviant.

Und mit ihren schnellen Colts können sie sich nicht gegen einen Blizzard wehren. Ihre Colts machten sie sonst gewissermaßen zu Herren über Leben und Tod.

Aber gegen einen Blizzard sind sie nur jämmerliche Wichte.

Ben Vansitter kommt zu der Überzeugung, dass er ihnen nicht auflauern muss, dass er sie gar nicht zu töten braucht. Das wird der Blizzard besorgen, eine höhere Gewalt wird sie vernichten.

Deshalb hält er nicht an, entledigt sich auch nicht der Pferde, sondern strebt weiter nach Norden. Zwar reitet er so dem zu erwartenden Blizzard entgegen, doch er möchte, falls es ihm gelingt, zur Höhle zurück, in der er seinen Partner und Freund Stap Sunday, die schöne Frau und John Cannon, den wohl gefährlichsten der Banditen weiß.

Er hat eigentlich keine Hoffnung, die Höhle vor dem Losbrechen des Blizzards zu erreichen. Der Rückweg ist zu weit. Doch er will es versuchen.

Und so bleibt er im Sattel und treibt die anderen Pferde vor sich her. Nur das Packtier mit der wertvollen Packlast hat er an der Leine.

Dass er in der so dunklen Nacht so stetig reiten kann, verdankt er nicht nur dem Umstand, dass er das Land so gut kennt und dass er früher, als hier noch kein Gold gefunden wurde, seinen Vater zum Handel mit den Indianer begleitete und dort mit den Indianern jagte.

Es gibt noch einen zweiten Grund, weshalb er sich in der Nacht gut auskennt: Er kann in der Nacht gut sehen, sehr viel besser als andere Menschen, fast so gut wie Katzen oder andere Nachttiere.

Er bleibt Meile um Meile im Sattel. Und immer noch weht ihm der sanft säuselnde Wind entgegen, der so merkwürdig warm ist, obwohl überall festgefrorener Schnee liegt und es bisher in den Nächten sehr kalt war.

Es ist dann gegen Ende der Nacht, als der Wind plötzlich stirbt, so als hörte die ganze Welt auf zu atmen.

Ben Vansitter hält an.

Er wittert nach Norden. Auch die Pferde tun es. Es sind gewiss alles erfahrene Tiere, die schon lange in diesem Land leben oder sogar hier geboren wurden. Und deshalb kennen sie sich aus mit Blizzards. Ihr Instinkt weiß, was um sie her in der Natur geschieht.

Sie vibrieren an ihren Körpern, sind voller Furcht vor einem drohenden Unheil.

Dann möchten sie umkehren.

Ben Vansitter sagt laut zu ihnen: »Wartet noch, damit ich euch die Sättel abnehmen kann. Wartet noch. Sonst kann ich für euch nichts tun.«

Er sitzt ab und tritt nacheinander zu jedem Tier, löst die Sattelschnallen von ihren Rücken. Er gibt jedem einen Klaps auf das Hinterteil und sitzt wieder auf. Das Packpferd mit der wertvollen Packlast ist ja mit der Leine am Sattelhorn des Reitpferds angebunden.

Er reitet weiter nach Norden, geradewegs in die Windstille hinein, aus der bald die Hölle kommen wird.

Die vier ledigen Pferde wollen ihm zuerst folgen, denn sie sind ja gewöhnt daran, dass die Menschen für sie sorgen, sie beschützen und hüten.

Aber dann sagt ihnen ihr Instinkt, dass sie freigegeben wurden.

Sie wenden sich nach einigen Sekunden nach rechts. Sie tun es wie auf ein geheimes Kommando. Ihr Instinkt lässt sie zu den Hügeln zu ihrer Rechten laufen, die sie mehr wittern als sehen im Morgengrauen. Sie wittern Wald, Büsche, trockenes Laub.

Und so laufen sie hinüber. Die Schöpfung gab ihnen Instinkte, um überleben zu können gegen Naturgewalten.

Als die Sonne aufgeht, wird es ein strahlender Wintertag. Nichts deutet auf ein kommendes Unheil hin.

Und dennoch ist die Natur heute merkwürdig still.

Es ist kein Vogel in der Luft. Es tönt kein Geschrei der Raubvögel. Sie kreisen nicht, weil sich unten am Erdboden keine jagdbaren Tiere bewegen. Alles hat sich jetzt schon verkrochen.

Ben Vansitters zäher Wallach zeigt noch keine Müdigkeit. Doch das Packpferd – obwohl ein ausgesucht gutes Tier – wird müde und schwitzt immer heftiger. Die Brust des Tieres ist mit flockigem Schweiß bedeckt.

Aber bald wird diese Brust mit Eis behangen sein.

Vansitter hält an. Er zerrt seine Wolldecke aus der Sattelrolle und beginnt die Pferde abzureiben. Immer wieder trocknet er den Schweiß auf ihrer Brust. Ja, auch der Wallach schwitzt etwas.

Als er dann aufsitzt, um den Ritt fortzusetzen, da spürt er es.

Auch die beiden Tiere spüren es.

Denn der Wind ist wieder da. Aber jetzt ist es ein anderer Wind. Nein, es ist kein lindes Säuseln mehr. Es ist ein kalter Hauch, so als wäre irgendwo eine gewaltige Eisgruft geöffnet worden.

Die beiden Pferde zittern.

Vansitter aber schlägt sich den Kragen seiner Felljacke hoch, bindet sich den langen Schal über Hut und Ohren und knotet die Enden unter dem Kinn zusammen.

Er reitet weiter.

Und er kommt noch fast eine Meile weit, bis der leise Eiseshauch noch einmal innehält und es erneut windstill wird.

Dann aber kommt es stärker, kälter, eisiger.

Innerhalb einer Minute fällt die Temperatur um mehr als zehn Grad – und sie fällt noch weiter. Der kalte Wind wird stärker, erhebt sich zu einem Brausen.

Vansitter spürt plötzlich, dass er im Sattel festgefroren ist und sich nur durch Bewegen immer wieder lösen kann.

Der Himmel ist nicht mehr blau und sonnenklar. Er wurde grau, dunkelgrün dann. Und eine grüngelbe Wand kommt von Norden her, in der Blitze zucken. Ein Donnern nähert sich, ein anhaltendes, ständiges Donnern, das zu einem brüllenden Orgeln wird.

Vansitter muss sich nun nach Schutz umsehen.

Er reitet bald in ein Waldstück hinein, dringt so tief wie möglich ein und findet mit den beiden Tieren einen guten Schutz zwischen dichten Tannen.

Er sitzt ab, holt aus seinem Gepäck ein kleines Handbeil und hackt eine Menge großer und dichter Tannenzweige ab, schafft damit eine Schutzwand nach Norden zu im Unterholz der dichten Bäume. Er bindet die Pferde an und macht bald schon ein Feuer.

Und die ganze Zeit hört er das brausende Orgeln.

Draußen außerhalb des Tannenwäldchens ist die Hölle losgebrochen.

Der Blaueishagel zerschlägt dort alles, und selbst durch die dichten Tannen fallen die Hagelkörner nieder. Vansitter arbeitet immer noch, schafft einen richtigen dichten Verhau.

Und er weiß, dass er den Blizzard hier mit den Pferden überstehen wird. Er hat Decken, Proviant, und mit dem Beil konnte er genügend dichte Zweige und Äste abschlagen. Er kann ein Feuer unterhalten.

Über ihm sind zwanzig Yards hoch die dichten Tannenwipfel.

Es kommt nur wenig nach unten.

Er denkt jetzt an die beiden Texasbanditen.

Selbst wenn sie sich in einem Wald verkriechen können wie er, so wird es ihnen doch sehr viel schlechter gehen.

Denn sie haben nichts bei sich, was ihnen helfen könnte.

Mit schnellen Colts kann man nicht gegen einen Eisblizzard kämpfen.

Er denkt aber auch an Stap Sunday und die schöne Frau in der Höhle.

Und er fragt sich, ob dieser John Cannon wirklich sein Wort halten wird, das er Nancy gab.

Eine innere Unrast treibt John Cannon immer wieder in der Höhle umher. Er verflucht sein Pech, das ihn beim Auslosen dazu bestimmte, in der Höhle zu bleiben und die drei Kumpane allein reiten zu lassen mit dem Trapper.

Er kommt sich fast wie ein Gefangener vor, wie jemand zumindest, der nicht mehr teilnimmt an einem wichtigen Geschehen, nichts beeinflussen kann, sondern tatenlos abwarten muss.

Fortwährend verspürt er ein ungutes Gefühl, und er weiß, dass sich seine unheilvollen Ahnungen noch nie als Irrtum erwiesen.

Auf all seinen rauen Wegen hat er stets gespürt, wenn irgendwo unerfreuliche Dinge lauerten oder auf ihn zukamen.

Und deshalb war er auch stets ein guter Anführer.

Jetzt hockt er in der Höhle fest.

Er hätte sich niemals auf ein Auslosen einlassen sollen.

Er trinkt und raucht in diesen Stunden mehr als sonst. Und immerzu bewegt er sich in der Höhle, beschäftigt sich mit den Pferden, legt sich am Tisch Patiencen aus, schläft manchmal etwas – und trinkt immer wieder.

Nur selten sieht er Nancy. Diese bleibt zumeist in der kleinen Höhlenkammer bei Stap.

Einmal fragt er sie: »Wie geht es ihm?«

»Es wird besser«, erwidert sie knapp und richtet sich beim Feuer auf.

»Warum hatte er nicht das Recht, euch damals zu verlassen?« So fragt sie. »Warum hasst ihr ihn, nur weil er nicht so tief abgleiten wollte wie ihr? Und ihr seid verdammt tief abgeglitten, nicht wahr?«

Er tritt näher zu ihr.

In seinen Augen kann sie etwas erkennen, was ihr Sorgen macht. Er gab ihr zwar sein Wort, dass sie nun sicher wäre vor jeder Nachstellung, doch sie misstraut ihm instinktiv. Und nun glaubt sie in seinen Augen erkennen zu können, dass ihr Misstrauen berechtigt ist.

Denn sein Blick umfasst sie auf eine Art, die ihr das Gefühl gibt, ausgezogen zu werden von ihm. Ja, sie erkennt, dass er sie sich in seinen Gedanken nackt vorstellt.

Er ist angetrunken.

»Sprechen wir nicht über Stap, sondern über dich,

Süße«, sagt er etwas rau. »Kauf dich mit ihm frei. Du kannst das. Was macht es einer erfahrenen Frau wie dir schon aus, wenn sie sich mal mit einem anderen Mann einlässt? Das tun Millionen Frauen auf dieser Erde jeden Tag und jede Nacht. Du kannst euch freikaufen. Willst du?«

Sie lächelt verächtlich.

»Wie tief können stolze Texaner doch sinken«, spricht sie fast tonlos. »Und da empfindet ihr es auch noch als Verrat, dass Stap nicht mit euch so werden wollte, wie ihr geworden seid. Nein, ich lasse mich nicht mit Ihnen ein, Mister Texas. Sobald Stap kräftig genug ist, werden wir von hier fortreiten. Und ich werde Stap mit der Schrotflinte helfen, uns den Weg freizukämpfen. Was seid ihr doch für Dreckskerle geworden! Stinker seid ihr, elende Stinker!«

Sie hat sich in Erregung geredet.

John Cannon lacht. »Das ist aber auch nicht die Ausdrucksweise einer seriösen Lady. Wo hat Stap dich denn aufgelesen, Süße?«

Sie gibt ihm keine Antwort mehr, sondern nimmt die Kaffeekanne aus der Glut des Feuers und entfernt sich damit.

Er sieht ihr nach. Ihr Gang reizt ihn. Alles an ihr reizt ihn. Er spürt auch den Alkohol in sich. Nun kann er Juleman Lee und Jim Henderson verstehen. Er nimmt die Flasche vom Tisch und trinkt einen Schluck. Und er fragt sich, wie lange er noch Hemmungen haben wird, sich diese Frau zu nehmen.

15

Die Nacht vergeht in der Höhle und schon die zweite nach dem Aufbruch der Reiter.

Stap Sunday ist fieberfrei. Er kann nicht mehr schlafen, ist hellwach.

Nancy liegt neben ihm auf dem Lager und schläft. Es wurde auch höchste Zeit, dass sie Schlaf bekam. Sie war zuletzt übernervös, ständig angespannt.

Eine Laterne brennt. Im Laternenschein betrachtet er sie von der Seite.

Und er sagt sich immer wieder, dass es keine bessere Frau geben würde für ihn bis zum Ende seiner Tage.

Aber werden sie davonkommen können?

Was haben seine einstigen Partner noch mit ihm vor, nachdem sie ihn fast zum Krüppel prügelten und er Jim Henderson töten musste?

Stap weiß nicht, dass es draußen Tag wird und sich ein Blaueisblizzard zusammenbraut.

Als er ein Geräusch hört, legt er die Hand auf den neben ihm liegenden Colt. Es ist Jim Hendersons Colt, denn der liegt ihm besser in der Hand als Juleman Lees Waffe, mit der er Henderson erschoss.

Der Deckenvorhang wird zur Seite geschoben.

John Cannon wird sichtbar.

Sie betrachten sich im Laternenschein. Dann deutet John Cannon auf Nancy.

»Gib sie mir«, verlangt er. »Sag ihr, dass sie euch beide freikaufen kann. Überzeuge sie. Dann wirst du davonkommen.«

John Cannon ist betrunken.

Und hinter dem Rücken hervor bringt er seinen Colt zum Vorschein.

Aber auch Stap Sunday hat seinen Colt in der Hand.

»Du wirst mich nicht richtig treffen, wenn überhaupt«, sagt John Cannon.

Stap Sunday will etwas erwidern, und er will es leise tun, um die fest wie eine Ohnmächtige schlafende Nancy nicht zu wecken.

Doch dann vernehmen sie ein merkwürdiges Geräusch.

Es ist ein donnerndes Krachen, so als würden irgendwo in der Nähe Kanonen abgeschossen.

Dann vernehmen sie ein Brausen und Fauchen, das zu einem brüllenden Orgeln wird, so als brüllten alle Untiere der Hölle.

»Was ist das?« John Cannon fragt es überrascht. Er wendet sich ab, um zum Höhleneingang zu laufen.

Dort muss er durch die Schutzwand aus Tannenzweigen. Er schiebt den Eingangsteil etwas zur Seite.

Und da sieht er endlich, was er zuvor nur hörte.

Eis fällt vom Himmel und füllt den Canyon vor der Höhle, blaues Eis, fast hühnereigroße Hagelkörner, die wie Steine niederprasseln.

Nun endlich weiß John Cannon Bescheid. Denn er hat schon einmal von den berüchtigten Eisblizzards des Nordens gehört.

In seinem trunkenen Hirn beginnt der Verstand zu arbeiten. Er denkt an seine drei Partner, die dort draußen auf Goldjagd sind mit dem Trapper. Und er weiß, dass sie sich irgendwo verkriechen müssen und nicht zurück in die Höhle kommen können, solange der Blizzard tobt.

Er wird also noch länger mit Stap Sunday und dessen Frau zusammen in der Höhle allein sein müssen, als er bisher glaubte. Er weiß, dass solche Blizzards manchmal eine ganze Woche und länger dauern.

Das wird er nicht aushalten, ohne die Frau endlich zu besitzen.

Selbst wenn er sie nicht sieht, wenn sie bei Stap hinter dem Deckenvorhang verborgen bleibt, sieht er sie vor sich – und er sieht sie nackt mit aufgelöstem Haar.

Er weiß, dass es immer schlimmer werden wird.

Mit dem Alkohol wird er sich entweder enthemmen oder so total betrunken machen, dass er von nichts mehr weiß. Doch dann wäre er in Gefahr. Mit einem sinnlos Betrunkenen würde Nancy leicht fertig.

Und sie kennt die Gefahr. Sie würde ihn töten, wie sie Juleman Lee tötete. Also darf er sich nicht sinnlos betrinken.

Er wird seinen Durst in Grenzen halten müssen. Er wird Stap Sunday töten. Der Alkohol soll ihn nur enthemmen. Dann wird es ihm leichterfallen, Stap Sunday zu töten, damit er endlich dessen Frau bekommt. Ja, er glaubt, dass es so kommen wird.

Indes werden Saba Worth und George Wannagan vom Blizzard erbarmungslos mit Eishagel geprügelt. Blind und taub stolpern sie nach rechts in den Schutz einer schmalen Schlucht und finden an der Nordwand eine tiefe Felsspalte, die zu einer Höhle wird, je tiefer sie hineinkriechen.

Eine Weile kommt ihnen die kleine Höhle wie ein vollkommenes Obdach vor. Sie empfinden alles für wenige Minuten warm und bequem.

Aber das währt nur einige Minuten, weil sie aus der Blaueishölle kamen.

Dann wird ihnen klar, dass sie hier gewiss erfrieren werden.

Doch ihre umhertastenden Hände finden Laub, Reisigzeug. Saba Worth bringt es nach einer Weile fertig, mit klammen Fingern ein Zündholz anzuzünden. George Wannagan macht aus Blättern ein Häufchen, und bald brennt ein kleines Feuer.

Dann aber – als sie ihre fast erfrorenen Hände über die Flammen halten, sich fast daran verbrennen, da begreifen sie, in was sie hineingeraten sind.

Sie vernehmen dicht neben sich ein Grollen und Brummen, das nichts mit dem Blizzard dort draußen zu tun hat. Und im Flammenschein sehen sie einen großen Schatten emporwachsen.

Sie begreifen endlich, dass sie zu einem Bären in die Höhle krochen und ihn beim Winterschlaf störten.

Nun greift er sie auch schon an. Sie hörten sein Erwachen zu spät, sein Grunzen und Schnaufen. Der Blizzard übertönte die Laute des Riesen.

Und nun wissen sie Bescheid.

Sie werfen sich nach rechts und links.

Und dann haben sie auch schon die Colts heraus.

Sie füllen ihn mit Blei aus ihren Colts.

Vielleicht ist dieser Grisly nicht so gefährlich wie

sonst, weil er ja aus seinem Winterschlaf geholt wurde und noch gar nicht so richtig wach war.

Jedenfalls schaffen sie ihn, und als er sich endlich nicht mehr bewegt, da liegen sie keuchend am Boden. Vom kleinen Feuer, das sie entfacht haben, brennt noch ein wenig. Deshalb können sie sehen, was für ein Ungetüm sie erlegten.

Saba Worth flüstert heiser: »Heiliger Rauch, ich dachte, da wäre der Teufel aus der Hölle gekommen, um uns die Köpfe abzubeißen. Oh, was wird denn noch alles passieren? Dieser Hurensohn hat mir die Kleidung zerfetzt und mir quer über der Brust was aufgerissen. Wenn der mich mit seinen Tatzen richtig erwischt hätte ...«

George Wannagan knurrt schnaufend einige unverständliche Flüche. Ja, es sind bittere Flüche, dies ist absolut sicher. Erst nach einer Weile spricht er verständlich: »Der hat auch mich mit seinen Tatzenkrallen aufgerissen wie einen Hafersack. Verdammt, wenn wir jetzt nicht eine Menge tun, dann verrecken wir hier.«

»Und was sollen wir tun, Amigo?« Saba Worth fragt es wie ein Mann, der seine eigenen Vorstellungen nur bestätigt haben will.

George Wannagan sagt es ihm dann Wort für Wort:

»Wir haben hier in dieser Höhle noch etwas Reisig und Gestrüpp, auch Laubzeug. Damit können wir eine Weile ein Feuer unterhalten – vielleicht eine Stunde oder gar zwei.«

»Und dann?« Saba Worth fragt es mit einem bitterem Kichern in der Kehle.

»Während dieser Zeit müssen wir den Bär von seinem Fell befreit und unsere Wunden ausgebrannt haben. Ja, wir müssen diese Risswunden ausbrennen. Der hatte gewiss viel Mistzeug unter seinen Tatzenkrallen. Obwohl unsere Wunden stark bluten, würden sie sich gewiss entzünden. Dann verrecken wir an Wundbrand hier in diesem verdammten Loch und stinken bald mit diesem Bär um die Wette.«

»Richtig«, erwidert Saba Worth. »Aber da ist noch etwas, was du vergessen hast, Amigo.«

»Was denn, du Schlaukopf?«

»Wir können über dem Feuer noch Bärenfleisch braten und müssen es nicht roh essen.«

»Oooh, ich sagte ja schon, dass du ein Schlaukopf bist.«

Sie haben indes ihre Messer aus den Stiefelschäften gezogen. Es sind scharfe, lange Messer. Dennoch wird es für sie eine schwere Arbeit sein, einen Bären abzuhäuten. Bisher haben sie nur Rinder abgehäutet – und gejagtes Wild, aber noch niemals einen zottigen Grisly.

Sie bringen auch das Feuer wieder in Ordnung. Sie legen nicht zu viel brennbares Zeug auf, denn sie müssen damit sparen. Die Höhle muss schon oft irgendwelchen Tieren als Unterkunft gedient haben, die stets allerlei Zeug hereinschleppten, um sich ein Lager zu schaffen.

Dennoch wird das Brennmaterial nicht lange reichen. Bevor sie mit dem Abhäuten beginnen, werden sie sich bewusst, dass sie das Orgeln und Fauchen des Blizzards nicht mehr so deutlich hören.

»He, der hat doch wohl nicht schon nachgelassen?«

So fragt Saba Worth hoffnungsvoll. Er bewegt sich plötzlich und kriecht zum Eingang. Aber er kommt bald zurück in den Lichtschein des Feuers.

»Nein«, sagt er. »Es liegt nur eine Menge Eis und Schnee vor dem Eingang. Das Zeug muss von oben heruntergerutscht sein. Der Eingang ist zu. Wir müssen uns freigraben.«

»Lieber nicht.« George Wannagan grinst im Feuerschein. »Ich sage dir, Saba, dass wir es noch ganz gemütlich hier haben werden. Dieser verdammte Bär war unsere Rettung. Ich sage dir auch, dass wir eines Tages diesen Ben Vansitter finden und über einem Feuer rösten werden. Ja, das sage ich dir, und das schwöre ich dir. Wir müssen nur zäh genug sein. Und verdammt zäh waren wir schon immer, nicht wahr?«

»So ist es, George«, sagt Saba Worth feierlich. Sie machen sich an die Arbeit. Und bald schwitzen sie, obwohl das kleine Feuer kaum wärmt und es kalt ist in der Höhle. Sie schwitzen vor Anstrengung. Und sie keuchen heftig.

Sie arbeiten fast eine Stunde mit ihren scharfen, starken Messern.

Dann haben sie den Grisly abgehäutet.

Sie legen das Fell mit der blutigen Innenseite nach außen und beginnen nun ihre Messer über dem Feuer zu erhitzen, bis die Spitzen dunkel glühen.

Als sie sich im schwachen Schein des Feuers die Wunden ausbrennen, nachdem diese Wunden inzwischen lange genug bluteten, da heulen sie manchmal vor Schmerz. Und sie fluchen auf den Bären, auf den Blizzard und auf Vansitter. In der Höhle riecht es nicht nur nach ihrem verschmorten Fleisch. Auch nach gebratenem Bärenfleisch riecht es. Und der blutige Kadaver des Bären stinkt.

Als sie schließlich mit letzter Kraft unter das Bärenfell kriechen, sind sie zu erschöpft, um wahrzunehmen, dass auch dieses zottige Bärenfell stinkt.

Aber selbst wenn sie es wahrnehmen könnten, es wäre ihnen gleich.

Denn das Bärenfell wird ihre Rettung sein.

Vor Erschöpfung schlafen sie ein. Sie wärmen sich gegenseitig und werden vom Bärenfell gnädig zugedeckt. Draußen tobt, brüllt und faucht der Blizzard. Aber weil der Höhleneingang von Eis und Schnee zugeschüttet ist, hören sie es gar nicht mehr so laut.

Vielleicht kämen sie sich wie lebendig begraben vor, würden sie noch wach bleiben und nachdenken.

Aber sie fallen in einen tiefen Schlaf der Erschöpfung.

Ben Vansitter hat es sehr viel gemütlicher, denn er hat reichlich Brennholz zur Verfügung und muss sich nicht neben einem toten Bären unter dessen stinkendem Fell verkriechen.

Er hat mit Tannenästen und dichten Zweigen eine Art Schutzcorral geschaffen, der von den dichten Tannen überdacht wird. Er hat Decken zur Verfügung. Und auch die beiden Pferde strahlen Wärme aus.

Dann und wann erwacht er, legt Holz nach. Manchmal muss er seine schützende »Burg« verlassen, um im Unterholz des dichten Waldes neues Brennholz zu holen.

Der Wald ist so dicht, dass zwischen den Bäumen nur wenig Schnee und Eis liegt. Aber irgendwann werden sicherlich gewaltige Schneelasten von oben niederbrechen. Er weiß es aus Erfahrung.

Hoch über sich hört er das Brausen und Orgeln des Blizzards. Gewiss entwurzelt er da und dort einzelne Bäume, legt sie um wie Halme. Aber dieses Waldstück steht zu dicht, bildet einen festen Block, trotzt der Gewalt des Blizzards.

Es ist dunkel hier, und die Nächte sind dann voll schwarzer Finsternis, gegen die das Feuer ankämpft.

Manchmal denkt Ben Vansitter an die beiden texanischen Banditen, die seiner Meinung nach keine Chance haben.

Dann wieder beschäftigen sich seine Gedanken mit seinem Partner und Freund Stap Sunday, dessen so reizvoller Frau – und mit jenem John Cannon, den er für den gefährlichsten der Banditen hält.

Immer dann, wenn er an John Cannon denkt, verspürt er Ungeduld, wünscht sich, der Blizzard möge erlahmen, sodass er sich wieder auf den Weg machen kann.

Doch der Blizzard lässt nicht nach. Tag um Tag und Nacht um Nacht vergehen.

16

Für Nancy wird in diesen Tagen und Nächten das Unausweichliche ihrer Situation von Stunde zu Stunde immer klarer erkennbar.

Sie sind eingeschlossen in der Höhle.

Und John Cannon beschäftigt sich in seinen Gedanken und in seinen Wünschen ständig mit ihr.

Sie kann es stets wie einen Anprall spüren.

Immer dann, wenn sie aus der kleinen Höhlenkammer tritt, um am Feuer für Stap und sich zu kochen, Kaffee zu holen oder heißes Wasser, da hockt er am Tisch und nimmt seinen Blick nicht mehr von ihr.

Am vierten Tag dann leert er die letzte Flasche.

Es ist nun kein Alkohol mehr vorhanden. Diese Texasbanditen haben allesamt fortwährend getrunken, so als könnte das Zeug niemals alle werden.

Es gibt keinen Trost mehr für John Cannon.

All seine Gedanken sind nun klar.

Und weil er in seiner Einsamkeit sehr viel nachdenken muss, erlebt er mit aller Bitterkeit seinen Lebensweg bis hierher immer wieder neu.

Vielleicht wird er sich in diesen Tagen und Nächten seines Abstiegs wieder voll bewusst.

Manchmal hockt er am Tisch und spielt mit dem erbeuteten Gold, stapelt das Geld vor sich wie ein Glücksspieler. Doch Gold und Geld sind nicht das gleiche Stimulans wie Alkohol.

Es ist dann am fünften Tag, als Stap Sunday zum Vorschein kommt.

Stap wirkt hohlwangig, fast nur noch wie ein Schatten seiner selbst. Er hinkt leicht, als er zum Feuer tritt, sich niederbeugt und die Kaffeekanne aus der Glut hebt.

Er schenkt sich einen Becher voll.

John Cannon beobachtet ihn vom Tisch aus.

»Schläft die Süße?« So fragt er plötzlich rau.

Stap Sunday trinkt vorsichtig vom heißen Becherrand. Dabei sieht er John Cannon an. »Ja sie schläft«, erwidert er schließlich, den Becher senkend, aber in der Rechten behaltend.

Die Linke hängt über den Revolver.

Er trägt die Waffe wieder im Holster, und John Cannon weiß plötzlich mit untrüglicher Sicherheit, dass Stap Sunday während der beiden letzten Tage in der kleinen Höhlenkammer das Ziehen übte. Ja, er weiß es plötzlich, weil er in Sundays Augen einen Ausdruck von Selbstvertrauen erkennt.

Und so fragt er rau: »Und du glaubst, du könntest mich jetzt schlagen? He, ich war immer schneller als du. Und du bist immer noch ein kranker Mann. Am besten wäre, du versuchtest es gar nicht. Setz dich hier an den Tisch. Ich gehe für dich hinein in eure Kammer zu ihr. Na?«

Aber Stap Sunday schüttelt den Kopf.

»Ich könnte jetzt wieder reiten«, sagt er. »Der Blizzard wird nicht ewig toben. Ich denke mir, dass wir es jetzt austragen sollten. Nancy wird erst vom Krachen unserer Colts erwachen. Also?«

John Cannon erhebt sich.

»Feige bist du ja nicht«, murmelt er, »obwohl du dich

damals feige fortgeschlichen hast, um nicht mehr mit uns reiten zu müssen. Nein, feige bist du nicht.«

Er steigt über die Bank hinweg, auf der er saß, wendet sich Stap Sunday zu und stellt sich breitbeinig hin, sucht festen Stand, schiebt sogar den Oberkörper aus den Hüften heraus etwas vor, um eventuell einer Kugel standhalten zu können, nicht zu schwanken und zu wanken.

Dann sagt er: »Gut!«

Und dann zieht er.

Auch Stap Sunday zieht.

Er ist nicht schnell genug. John Cannon schießt einen Sekundenbruchteil früher. Vielleicht hätte Stap Sunday ihn auch in seiner besten Zeit als gesunder Mann nicht schlagen können.

Er drückt noch ab, aber er sieht nicht mehr, ob er trifft oder nicht. Sein Kopf scheint zu explodieren.

John Cannon sieht ihn fallen, verharrt einige Sekunden mit dem rauchenden Colt in der Hand.

Dann aber setzt er sich in Bewegung.

Und als er mit einem Ruck den Deckenvorhang zur Seite rafft, da kracht es in der Höhlenkammer.

Er bekommt beide Schrotladungen. Sie stoßen ihn zurück. Er fällt auf den Rücken und wirft die Beine hoch. Aber das alles spürt er bereits nicht mehr ...

Es ist gegen Ende des fünften Tages, als Saba Worth seinem Partner unter dem Bärenfell den Ellenbogen gegen die Rippen stößt und heiser sagt: »Hörst du es?«

»Ich höre nichts«, erwidert George Wannagan.

»Das ist es ja. Auch ich höre nichts. Der Blizzard ist tot! Tot! Alle! Verstehst du, es ist vorbei!«

In Saba Worth ist ein Jubeln. Und dann erheben sie sich brüllend und räumen den Höhleneingang frei. Wie sie sich dabei heftig bewegen, schwindet ihre Lahmheit und Steifheit.

Als sie ins Freie kriechen in die enge Schlucht hinaus, da sehen sie blauen Himmel über sich.

Ihr heiseres Krächzen wird zum Jubel.

Sie beginnen im Schnee zu tanzen, und sie sehen übel aus. Denn sie sind vom getrockneten Blut des Bären besudelt, stinken wie die Moschusschweine – die in Texas »Javelinas« genannt werden –, und ihre Kleidung ist zerfetzt. Sie gleichen irgendwelchen Ungeheuern aus der Fabelwelt.

Doch wenige Minuten später sind sie unterwegs. Jeder von ihnen schleppt einen Batzen gebratenes Bärenfleisch und ein Stück vom Bärenfell.

Das ist alles, was sie besitzen, um den langen Marsch zu überstehen.

In der engen Schlucht kommen sie noch recht gut vorwärts. Denn hier liegt der Schnee auf dem Eis des Blizzards nicht so hoch.

Aber als sie dann den Canyon verlassen, da begreifen sie, dass es ein sehr mühsamer Marsch werden wird. Auf der Eisschicht des Blaueisblizzards liegt der Schnee hoch. Manchmal reicht er ihnen bis zum Gürtel, dann wieder nur bis zu den Knien. Es kommt auf die Verwehungen an. Sie werden sich im Zickzack vorwärts kämpfen müssen, das begreifen sie schnell.

Nach einer halben Meile sind sie in Schweiß gebadet und nähern sich einer Felsengruppe. Als sie zwischen den Felsen sind und dort anhalten, um zu verschnaufen, da erleben sie die letzte Minute in ihrem Leben auf dieser Erde.

Das starke Wolfsrudel wartete geduldig zwischen den Felsen, die ihnen während des Blizzards als Schutz dienten, ließen sich einschneien, rückten eng zusammen, um sich gegenseitig zu wärmen, und legten sich die Schwänze über die Nasen.

Sie bewegten sich nicht. Nur der Hunger begann in ihren Eingeweiden zu wüten. Und als sie aufbrechen wollten, um nach Beute zu suchen – was ihnen im tiefen Schnee schwer gefallen wäre –, da brachte der Wind ihnen eine gute Witterung.

Denn der Wind hat inzwischen gedreht, kommt also von Süden.

Die Witterung verspricht den Wölfen viel. Sie riechen altes Blut und eine Menge Gestank.

Und so warteten sie geduldig.

Als die beiden Männer dann zwischen ihnen sind, da springen sie diese von allen Seiten an. Sie sind voller Gier, denn sie hungern schon über eine Woche, weil sie schon einen Tag vor dem Blizzard keine Beute erjagen konnten.

Sie sind verrückt vor Gier nach Fressen.

Diesmal sind die beiden texanischen Revolvermänner und Banditen mit ihren Colts nicht schnell genug. Es handelt sich ja auch nicht um einen einzelnen Bären, sondern um mehr als drei Dutzend verrückter Wölfe.

Saba Worth, der einst ein Findelkind war und seinen richtigen Namen nie erfuhr und der einst in einer Wiege den San Saba River abwärtstrieb und nach Fort Worth gebracht wurde, stirbt zuerst.

George Wannagan, dessen Vater als irischer Freiheitskämpfer in die Neue Welt flüchten musste, stirbt wenige Sekunden später.

Zuerst glaubt Nancy Sheridan, dass Stap Sunday tot ist.

Doch als sie dann die blutende Kopfwunde sieht, da sagt sie sich, dass Tote nicht mehr bluten können. Denn ihr Herz steht still.

Aber Staps Herz schlägt noch. Sie stellt es schnell fest.

Als sie ihm das Blut vom Kopf wäscht, da sieht sie die Streifwunde.

Ja, es ist nur eine Streifwunde. Sie hat zwar wie ein Schwerthieb gewirkt, aber mehr als eine Gehirnerschütterung kann Stap nicht erlitten haben.

Und so tut sie alles, was sie für ihn tun kann.

Da sie zu schwach ist, ihn auf sein Lager zu schaffen, bettet sie ihn dort, wo er hinfiel.

Und abermals muss sie dann wieder mit Hilfe eines Pferdes einen Toten an den Füßen aus der Höhle schleifen.

Denn der Blizzard ist tot, so tot wie John Cannon, den sie mit zwei Ladungen Schrot im wahrsten Sinne des Wortes voll Blei füllte.

Sie wundert sich, dass sie in ihrem Kern nicht zutiefst erschrocken ist und Abscheu empfindet. Sie hat hier in dieser Höhle zwei Männer töten müssen.

Als sie Stap Sunday betrachtet, da sagt sie sich, dass sie im Recht war, dass es gar keinen anderen Weg gab.

Stap Sunday hat für sie gekämpft, aber weil er noch zu schwach war, noch längst nicht wieder im Vollbesitz seiner Fähigkeiten, musste er verlieren. Dann kämpfte sie für ihn und sich.

Was war falsch daran?

Als sie den toten John Cannon in den Canyon hinausschafft, da blickt sie immer wieder dorthin, wo die ausgerittenen Männer bei ihrer Rückkehr im Canyon auftauchen müssen.

Noch ist nichts zu sehen.

Wer wird zurück zur Höhle kommen?

Das ist ihre ständige Frage.

Stap Sunday hat ihr inzwischen eine Menge über Ben Vansitter erzählt. Sie weiß nun, dass Vansitter ein Mann dieses Landes ist und in der Lage sein könnte, die Dinge zu ihren Gunsten zu verändern.

Vansitter fand ja auch den verlorenen Wagen.

Wer wird zurück zur Höhle kommen?

Am nächsten Tag taucht ein Reiter mit einem Packpferd auf.

Nancy wendet sich zurück in die Höhle.

Sie ruft: »Stap! Stap Sunday, Vansitter kommt! Er kommt allein! Vansitter kommt!«

Stap Sunday, dessen Kopf verbunden ist, erhebt sich vom Tisch und tritt aus der Höhle in die Sonne. Er muss blinzeln, weil der Schnee das Sonnenlicht reflektiert. Aber dann erkennt er Vansitter.

»Ha, das ist er«, murmelt er und hält sich vorsichtig den Kopf. »Ja, das ist Vansitter, mein Partner und Freund. Wenn du mich heiratest, Nancy, wird er unser Trauzeuge sein.«

»Sicher«, sagt sie, »das wird er.«

ENDE

Die sechs Banditen sind auf der Flucht.

G. F. Unger
WOLFSVALLEY
176 Seiten
ISBN 978-3-404-43472-5

Vor wem, weiß Jake Coburn nicht. Doch es muss der Leibhaftige sein, denn noch nie ist Jake einem solchen Rudel begegnet. Als die Kerle ihn zwingen, sie in sein einsames Hochtal mitten in der Wildnis der Rocky Mountains zu bringen, gehorcht er zähneknirschend. Es ist keine Feigheit von ihm. Diesen Höllenhunden hätte er jederzeit ein paar neue Tricks gezeigt. Aber sie haben Bea in ihrer Gewalt, die Frau, die er liebt. Ja, es ist eine ausweglose Lage, in der er steckt. Doch Jake gehört zu der seltenen Sorte von Männern, für die »aufgeben« ein Fremdwort ist ...

Bastei Lübbe Taschenbuch

Dumpfe Hammerschläge hallen über Camp Concho.

G. F. Unger
RITT ZUM STERBEN
176 Seiten
ISBN 978-3-404-43473-2

Auf dem Paradeplatz lässt Major Edson Collins einen Galgen errichten. Einen Galgen für Juan Colorado, den Apachenhäuptling, der die Ehre des Majors besudelte, als er ihm die Frau raubte und ihr Gewalt antat. Collins brennt vor Hass. Darüber vergisst er, dass es der gemeine Mord an den Frauen und Kindern eines Apachendorfes war, der ihm die Feindschaft Colorados eintrug. Doch der Hass des Majors erhält ständig neue Nahrung, denn er kann des Apachen nicht habhaft werden. Nun wird Collins selbst an der Spitze seiner restlichen Männer ausrücken, um Colorado unter den Galgen zu schleifen. Und alle im Camp fragen sich: Wird es auch diesmal ein Ritt zum Sterben sein?

Bastei Lübbe Taschenbuch

Werden Sie Teil der Bastei Lübbe Familie

- Lernen Sie Autoren, Verlagsmitarbeiter und andere Leser/innen kennen
- Lesen, hören und rezensieren Sie unter www.lesejury.de Bücher und Hörbücher noch vor Erscheinen
- Nehmen Sie an exklusiven Verlosungen teil und gewinnen Sie Buchpakete, signierte Exemplare oder ein Meet & Greet mit unseren Autoren

Willkommen in unserer Welt:
www.lesejury.de